作用与作为

——中国三峡集团 2016 年防洪度汛纪实

中国三峡集团宣传与品牌部
中国三峡出版传媒有限公司　◎ 编著

中国三峡出版传媒
中国三峡出版社

图书在版编目（CIP）数据

作用与作为：中国三峡集团2016年防洪度汛纪实 / 中国三峡集团宣传与品牌部，中国三峡出版传媒有限公司编著 . —北京：中国三峡出版社，2016.12

ISBN 978-7-80223-969-2

Ⅰ . ①作… Ⅱ . ①中… ②中… Ⅲ . ①新闻报道—作品集—中国—当代 Ⅳ . ①I253

中国版本图书馆 CIP 数据核字（2016）第 294433 号

中国三峡出版社出版发行

（北京市西城区西廊下胡同51号　100034）

电话：（010）66118778

http://www.zgsxcbs.cn

E—mail:sanxiaz@sina.com

北京画中画印刷有限公司印刷　新华书店经销

2017 年 4 月第 1 版　2017 年 4 月第 1 次印刷

开本：787 毫米 ×1092 毫米　1/16　印张：17.25

字数：244千字

ISBN 978-7-80223-969-2　定价：158.00元

前言

　　三峡工程是长江防洪体系中的关键性骨干工程，设计正常蓄水位175m，防洪限制水位145m，枯期消落低水位155m，具有巨大的防洪、发电、航运和水资源利用等巨大综合效益。三峡工程的首要功能是防洪，通过调控上游洪水，运用库水位155m-171m之间的125.8亿 m^3 库容，可使荆江河段在不分洪的条件下达到100年一遇防洪标准；遇到超过100年一遇至1000年一遇洪水，包括类似历史上1870年洪水，运用库水位171m-175m之间的39.2亿 m^3 库容，可控制枝城泄量不超过80000m^3/s，在分蓄洪区的配合下，可防止荆江地区发生干堤溃决的毁灭性灾害。同时，运用库水位145m-155m之间的56.5亿 m^3 库容，大幅度减少城陵矶附近分蓄洪区的分洪几率和分洪量。溪洛渡、向家坝水库在承担对川江河段防洪作用的基础上，配合三峡水库对长江中下游防洪，减少中下游洪水损失。

　　2016年汛期，长江中下游地区遭遇了自1998年以来最严重的洪涝灾害，面对严峻汛期，中国长江三峡集团公司严格执行国家防汛抗旱总指挥部和长江防汛抗旱总指挥部的调度指令，溪洛渡、向家坝和三峡水库实施了联合防洪调度，充分发挥了梯级水库的防洪功能。受超强厄尔尼诺影响，长江中下游提前进入汛期，为预防后期可能出现的大洪水，三峡水库于6月5日提前5天消落至汛限水位。7月初，成功应对了2016年长江"1号洪峰"，通过拦洪、错峰、削峰调度，避免了与长江中

下游形成的"2号洪峰"叠加遭遇，控制沙市站没有超过警戒水位，城陵矶站没有超过保证水位。此后，结合实时水雨情和中下游地区的防汛形势，多次调整减小三峡水库下泄流量，降低城陵矶附近最高洪水位约1m，减少超警堤段250公里，避免了荆江河段超警和城陵矶地区分洪，为湖北、安徽、江苏等地的防洪抢险和城市排涝创造了有利条件，取得了显著的防洪效益。

目 录 MU LU

1

厄尔尼诺 预警98+

三峡工程，今年会遭遇"98+"吗

——超强厄尔尼诺下的三峡防汛攻坚战

《中国三峡工程报》特约记者　邢晶

通讯员　鲍正风　李进

阅读提示：今年入汛以来，中国南方地区暴雨过程接连不断，中央气象台连续发布暴雨预警，江河湖水暴涨，长江流域38条河流、60多个站点超警戒水位；5月底，一场强降水导致中下游多个城市出现内涝，中下游干流水文站水位连续刷新历史同期纪录。如此严峻的防洪形势，不禁让人想起1998年长江流域的大洪水。

今年与1998年一样，同为超强厄尔尼诺事件的次年，长江流域极易发生暴雨洪涝灾害。那么，三峡工程会不会面临类似1998年甚至超过1998年的大洪水？三峡工程是否已经做好了准备？本组稿件将为您揭晓答案。

一、科普时间

何谓"超强厄尔尼诺"？它的影响是什么？

厄尔尼诺事件是指赤道中、东太平洋海表大范围持续异常偏暖现象。当该海区海水表面温度持续3个月以上比常年同期偏高0.5摄氏度，就进入了"厄尔尼诺状态"。当这种状态持续6个月以上，就会被科学家确定为一次"厄尔尼诺事件"。厄尔尼诺事件的出现可使全球气候模式发生变化，造成极端天气在全球各地出现，呈现出"水火两重天"的现象。

厄尔尼诺影响我国天气气候的过程，是通过"上游效应"实现的。一般来说，厄尔尼诺事件发生后，赤道中、东太平洋地区由于海温升高，导致对流活动增强，上升气流也相应变得异常强势。气流上升到高层以后向外辐散，在赤道太平洋上空高层的西风减弱，盛行异常东风。这种异常东风在赤道西太平洋地区下沉，并在西太平洋上空低层激发异常反气旋性环流，使得西太平洋副热带高压加强并向西延伸。这种变化为副热带高压西侧的西南暖湿气流向我国南方地区输送创造了有利条件，使得南方地区降水偏多。另外，在厄尔尼诺事件发生后几个月，热带印度洋会开始增暖，也会在西太平洋附近激发或加强异常反气旋，加强西南暖湿气流向我国南方地区输送。根据国家气候中心监测，本次厄尔尼诺事件自2014年9月开始发展，一直持续至今年5月，生命史时长达21个月。

资料显示：自1951年有完整海洋观测资料以来，全球共发生14次厄尔尼诺事件，其中3次达到超强级别，分别是1982-1983年厄尔尼诺事件、1997-1998年厄尔尼诺事件以及本次事件。监测数据表明，本次厄尔尼诺事件诸多海温指标已经超过了前两次超强厄尔尼诺事件，是1951年以来的最强厄尔尼诺事件。

从历史统计规律来看，厄尔尼诺事件达到峰值后的第二年，夏季长江流域和江南一带容易出现洪涝灾害。例如1982-1983年的超强厄尔尼诺事件，导致1983年6月至7月长江中下游地区出现持续性暴雨，长江许多测站水位达历史最高；1997-1998年的超强厄尔尼诺事件，导致1998年夏季我国长江流域和嫩江、松花江流域发生特大洪涝灾害。

"此次厄尔尼诺事件将对我国今年汛期的降水分布产生影响。预计汛期主雨带位于长江流域，梅雨量偏多，易发洪涝灾害。"国家气候中心首席预报员高辉说。

据国家气候中心预测，今年汛期我国气候状况总体偏差，降水偏多，涝重于旱。长江中下游应做好防范严重汛情的准备，西南地区要加强对滑坡、泥石流等山洪地质灾害的防御。

三次厄尔尼诺对比

副热带高压形成图

二、防洪形势　长江流域防洪形势异常严峻

受超强厄尔尼诺影响，今年长江流域降水过程频繁，降雨来得早、强度大、范围广且持续时间长。

受前期降雨和长江干支流水库群消落调蓄共同影响，今年长江流域较历年同期涨水早，且来水总量明显偏多，三峡水库入库流量持续偏丰。入汛以来，三峡入库流量多次刷新建库以来最新纪录。5月10日，三峡入库流量达到每秒19500立方米，位居1890年至2015年长系列水文统计资料历史同期第4位，接近1904年创下的每秒20700立方米历史同期最大流量；6月初，长江上游流域多地出现大雨和暴雨过程。6月2日，三峡水库迎来洪峰流量每秒25000立方米的洪水过程，该流量也创1992年以来同期最高纪录。

同时，长江中下游经历多轮次降雨后，干流底水高，全流域共有38条河流、60个站点水位发生超警，尤其是在两湖地区，与1998年相比有过之而无不及。今年4月，城陵矶、汉口站月最高水位创历史同期新高，湖口、大通最高水位接近历史同期最高，均列历史同期第二位。5

月，长江中下游水位偏高，沙市站月均水位较多年同期均值偏高 1.12 米；城陵矶、汉口、湖口、大通站月均水位分别偏高 3.32 米、3.39 米、3.51 米和 2.77 米。6月1日8时，城陵矶、汉口、湖口、大通水位分别为 29.5 米、23.6 米、17.58 米、12.33 米，较近 30 年均值分别偏高 2.3 米至 3 米，较 1998 年同时水位偏高 1 米至 2 米。

国家气候中心气候监测首席专家周兵指出："南方地区频繁发生强降水，与厄尔尼诺有一定的联系。这主要是因为受到厄尔尼诺影响，在菲律宾以西到南海一带激发出高压环流系统，叠加在西太平洋副热带高压上，使之强度异常偏强、位置持续偏南，来自热带太平洋的水汽向我国南方地区输送偏多，为强降水过程的频发提供了水汽条件。"全国汛期气候趋势预测会商会预测，今年长江流域汛期降水整体偏多，其中长江下游、中游及川东地区偏多 2 成至 5 成，川西地区偏多 1 成至 2 成。

虽然超强厄尔尼诺事件已经结束，但大气对超强厄尔尼诺事件的响应还会持续，在今年主汛期尤其是 6 月至 7 月，梅雨季气候响应可进一步显现或放大，因此，长江流域防洪减灾形势不容乐观。

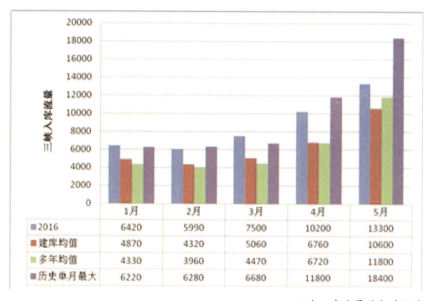

三峡入库流量同期对比图

三、如何应对 避免历史重演，三峡正在行动

1998年的洪水已成为历史。今年，同样是超强厄尔尼诺打"前哨"，历史会重演吗？面对与1998年相似的气候背景，18年后的今天，三峡工程做好准备了吗？

面对如此严峻的防洪度汛形势，三峡集团积极响应国家防总和长江防总要求，多次召开防汛动员和防汛检查专项会议，落实和明确防汛责任，牢固树立防大洪、抗大汛的意识，以防御"98+"大洪水的思想准备，吹响防洪攻坚战的号角。

以人为本，做好大洪水调度应急演练。面对严峻的防汛形势，长江电力三峡梯调中心充分认识今年防汛工作的重要性，统筹规划、全方位提前抓好防洪度汛各项准备工作，成立了防汛工作领导小组，开展汛期现场值班，确保防汛人员和物资准备充分。4月是备汛工作的关键时期，三峡梯调中心技术部门及时编制、印发了备汛工作计划以及防洪度汛工作计划和工作要求，及时组织编制并上报了《金沙江下游－三峡梯级水库2016年汛前联合消落方案》、《2016年金沙江下游－三峡梯级电站汛期联合调度方案》，明确了防汛工作重点，严格落实防洪度汛责任制，确保防汛工作有序开展。

三峡梯调中心组织员工认真学习有关规程和方案、预案，对预报人员开展遥测及报汛站网、水文预报方案、水情预报软件等培训。检查和梳理防洪备战各个环节是打胜仗的前提，为此，三峡集团落实抓好备汛工作，启动了各个区域的防洪应急演练，同时编制了预见1998年大洪水的应急调度预案并进行了演练，使得每个岗位的人员都做到有备无患，心中有数。

夯实基础，确保系统和设备安全稳定运行。目前，三峡梯调中心已按计划完成了三峡电站机组保护定值校核、站房及设备防雷接地测试等工作。开展了三峡－葛洲坝区域遥测系统水文（位）站、气象站的汛前检查、维护，并对三峡库区委托管理的遥测站点进行了汛前设备巡检，确保遥测系统的可靠稳定运行。此外，三峡梯调中心还对厂房移动覆盖设备、视频会议设备、防汛会商系统的运行安全状况进行了全面检查，并对调度电话通话、海事卫星应急通信系统进行了检查和功能测试，并更换和处理了故障电话。

每天，三峡梯调中心都会按时发布水情、气象实况和预报信息，汛期定期发布汛情通报，及时向国家防总和长江防总报送三峡－葛洲坝梯级枢纽四段四次实况信息和入库流量预报信息。从5月1日开始，每天向湖北省防办、湖南省防办、重庆市防办报送每日8时一段一次实况信息和11时入库流量预报信息。进入主汛期后，信息报送段次逐步加密。

精心做好气象、水文预报，为决策服务提供技术支持。三峡梯调中心充分利用气象现代化成果在天气预报上的应用，通过关键技术研发等措施，不断完善长江流域气象中心的运行机制和业务体系。构建了从短时－短期－中长期－延伸期的无缝隙气象预报服务体系，远可提高洪水预见期，近可实施滚动预报精确制导；通过将宜昌市气象局三峡气象台直接安置在水情气象中心，促进双方联建共创和面对面交流，共同把脉天气；与中国气象局长江流域气象中心、长江委水文局上游局构建了多方可视化会商系统，为汛期水情会商打通气象、水文行业交融的渠道。

如果说汛期中长期气象、水文趋势预测主攻的是防汛策略，那么短中期的降雨水文预报则是主攻场次洪水调度的先锋。洪水预报是系统过程，从水雨情监测到未来降雨预报，再到水文预报模型预报，直至人工交互形成预报结论，整个过程要求专业、准确和及时、快速响应。三峡水情遥测系统是预测预报的"千里眼"和"顺风耳"，可在短时间内收集长江上游流域实时水雨情信息；三峡梯调中心专业气象台是"侦查员"，可准确预测三天以内的短期降雨过程，预判一周以内的致洪降雨；2015年刚升级改造的金沙江－三峡梯级水文预报系统是"神器"，可快捷方便地计算上游流域产流量和控制断面洪水过程；三峡梯调中心水资源利用预报部团队是"军师"，他们运筹帷幄，沉着冷静地对模型预报进行人工经验校正，准确预报未来的洪水过程。

三峡梯调中心与长江流域气象中心进行视频会商 （本报特约记者 邢晶 摄）

针对复杂天气形势，三峡梯调中心制定了一整套完善周密的业务工作流程，即"三个做好"：做好汛期会商，组织气象、水文部门对暴雨时空分布、走向以及产汇流情况进行讨论，集思广益；做好滚动预报和及时修正，捕捉暴雨过程的瞬息万变；做好暴雨大洪水的预报预警和信息发布，做好安全警示。

准确、及时、可靠的气象、水文预报，为三峡工程防洪调度决策提供了有效的技术支持，让防汛工作变得更加从容。

未雨绸缪，提前消落水位腾库迎汛。三峡水库是长江流域防洪骨干控制性工程，汛期的首要任务就是防洪。按照水利部批复的正常运行期三峡水库调度规程，每年三峡水库于6月10日消落到防洪限制水位。今年，鉴于前期长江流域的降雨和来水形势，尤其是长江中下游的防洪形势异常严峻，三峡集团积极响应两级防总的要求，主动协调电网等有关部门，缩减线路检修时间，及时增加三峡电站出力，从4月份开始加快水库消落进度，5月底水库水位消落到147.81米，是三峡水库试验性蓄水以来同期最低水位。6月5日，三峡水库消落到汛限水位附近，比规程批复的6月10日提前了5天。三峡水库作为长江流域防洪体系的重要组成部分，提前消落腾空库容，为中下游防洪提供了重要保障。如果中下游出现大洪水过程，三峡水库可随时启动蓄洪调度，拦洪错峰，减小下泄，缓解中下游的洪水险情，减少洪水引起的不必要的人力和财产损失。

多库联调，充分发挥流域梯级综合效益。三峡水库巨大的防洪作用，在于它221.5亿立方米的防洪库容可使荆江河段的防洪标准达到百年一遇，在遇千年一遇洪水时，配合分洪区使用可保中下游安全。试验性蓄水以来，三峡水库成功实施了多次中小洪水优化调度，拦蓄洪水控制下泄流量不超过每秒50000立方米。2010年和2012年汛期，三峡水库都经历了洪峰超过每秒70000立方米的洪水过程，三峡水库发挥了重要的削峰滞洪作用，确保了中下游地区免遭洪水围困，防洪效益显著。

三峡工程建成后，当汛期暴雨洪水来临时，根据洪水预报，按照洪水优化调度方案实施三峡水库防洪调度，预报预泄后再拦洪错峰，可充分利用水库的防洪库容，支援国家抗险救灾。2016年，国家防总首次明确，溪洛渡、向家坝水库可配合三峡水库对长江中下游进行防洪补偿调度。今年汛期，三库联合调度对长江中下游的防洪保障将进一步得到提高。

此外，三峡梯调中心积极贯彻国家相关部门防洪抗旱、迎峰度夏的文件精神，严格执行长江防总调度令，加强与电网调度等相关单位和部门的沟通协调，积极做好水库调度工作，适时优化发电计划，确保在防汛安全的前提下，最大限度发挥三峡枢纽综合效益。

目前，三峡水库进入正常运行期。面对今年汛期可能"赴约"的"98+"大洪水，积极应对的三峡水库表现如何？我们拭目以待。

（原载《中国三峡工程报》2016年6月25日3版）

风雨未至先绸缪　四地联商话防汛

——梯调中心启动多轮会商应对入梅首场强降雨过程

《中国三峡工程报》通讯员　徐卫立　徐涛　邢晶

　　受超强厄尔尼诺影响，今年入汛以来长江流域降水普遍偏多，其中金沙江下游、长江上游干流以南以及中下游大部分地区降水较历年同期偏多 50% 以上，防汛形势严峻。为应对即将到来的新一轮强降水过程，做好金沙江下游－三峡梯级水库调度工作，长江电力梯调中心于 6 月 16 日至 6 月 17 日先后组织两次水文气象远程视频会商。梯调中心主任赵云发、三峡枢纽建设运行管理局运行部、长江流域气象中心、长江委上游水文局预报中心、梯调中心水资源部及成都调控中心技术部相关人员先后参加会商。

　　6 月 16 日下午，梯调中心启动宜昌、成都、重庆和武汉四地水情气象远程视频联合会商。水资源部气象预报人员与长江流域气象中心就未来十天内的短中期天气形势进行了充分讨论，仔细分析了长江流域前期降水实况和当前天气形势，做了上游流域降水过程预报；武汉区域气候中心对长江流域 11 天到 30 天延伸期气象预报做了汇报，并对 6 月下旬至 7 月中旬期间长江流域降雨趋势进行了定性讨论和预估。

　　6月17日上午，梯调中心再次启动宜昌、重庆两地会商，会商重点为降水预报及流量预报。水资源部气象预报员结合最新天气形势作了短中期面雨量预报汇报，长江委上游局分析了长江上游各支流的水情预报情况，最后水资源部水文预报人员综合分析并确定了三峡入库流量预报，并进行发电计划制作。

　　当前，长江流域已经进入主汛期，长江上游流域强降水天气过程也逐渐增多增强，金沙江下游－三峡梯级枢纽调度进入了关键时期，对水文气象预报提出了更高的要求。联合会商为气象、水文行业权威部门构建了面对面交流的平台，使得"气象预报－水文预报－电力计划制作"三者环环相扣，助力梯级枢纽四库联调，提高水资源利用率。

（原载《中国三峡工程报》2016年6月25日4版）

三峡工程　长江安澜工程

《中国三峡工程报》记者　刘蒙胜

　　近日，在武汉召开的长江防总 2016 年指挥长视频会议上传递出信息，今年汛期我国长江中下游地区发生大洪水的可能性很大。国家防总秘书长、水利部副部长刘宁在会上表示，根据气象水文预测分析，开始于 2014 年 9 月的厄尔尼诺事件已经成为 1951 年有观测记录以来持续时间最长、强度最大的一次厄尔尼诺事件。受此影响，今年我国气象年景总体差，长江流域防汛抗旱形势极为严峻。

　　受长江上游局部地区强降雨影响，5 月 7 日凌晨起，三峡水库入库流量持续快速上涨，至 8 日 8 时，已达 17800 立方米每秒，为 1992 年实施此项监测以来历史同时刻最高纪录。

　　在此之前，根据长江防总的统一调度，为给长江流域今年可能发生的大洪水腾出库容，4 月 22 日起，三峡枢纽逐步加大下泄流量。27 日 20 时，三峡水库出库流量达到 17000 立方米每秒，为近期峰值，也创下了历史同时刻的最高纪录。5 月 1 日 14 时，三峡库区水位已跌破 160 米，速度为近 5 年最快。5 月 15 日，三峡库区水位降至 154.4 米，三峡水库

腾库迎汛，从容不迫。正在消落的三峡水库　（本报特约记者　郑斌 摄）

已释放逾七成防洪库容。6月5日，三峡水库已削落至145.79米，腾库超200亿立方米迎汛。

腾库迎汛，从容不迫。三峡工程，长江中下游防洪骨干工程，面对可能出现的大洪水，释放着积极信号。

水患频发　时代呼唤治水工程

长江流域是中华文明的发祥地之一，面积约180万平方公里，约占全国的19%；人口4.27亿人，占全国总人口的34%。长江流域资源丰富、经济基础雄厚、城市化水平较高、工农业较为发达，在我国经济社会中占有十分重要的地位。但同时，频繁发生的洪涝灾害威胁着长江流域的广大地区，成为长江流域的心腹之患，在一定程度上制约了流域经济社会的发展。

长江流域属亚热带季风气候区，年降水量大且集中，汛期时候，长江上游干流及中游支流洪水来量大，中游没有一个有足够容积的调洪、滞洪场所，而且河道宣泄能力又不足，当洪水来量超过河槽安全泄量时，势必造成堤防溃决，洪水漫流而成灾。

历史上，长江多次发生大洪灾。文献记载，1860年、1870年、1981年，长江上游发生大洪水；1935年汉江、澧水发生大洪水；1931年、1954年、1998年，长江发生全流域性大洪水……据历史资料统计，自1153年以来，长江宜昌段流量超过每秒80000立方米的洪水达8次，其中1870年特大洪水，枝城流量高达每秒110000立方米，上游干流重庆至宜昌河段出现了数百年来最高洪水位。1954年，长江发生了全流域性大洪水，洪水持续时间长达2个多月。1998年长江再次发生全流域性大洪水，长江中下游干流沙市至螺山、武穴至九江共计359千米的河段水位超过了历史最高水位。

洪水泛滥，导致大量家园被毁，人员伤亡，给中华民族特别是长江流域人民带来了深重的灾难。

治理长江，还民安定，成为历朝历代人们的期盼。

在长江三峡建造大坝的设想最早可追溯至孙中山先生，他在《建国方略》（1919年发表）一书中认为长江"自宜昌以上，入峡行"的这一段"当以水闸堰其水，使舟得溯流以行，而又可资其水利"。按此设想，20世纪40年代中期，国民政府与美国垦务局签约，准备利用美国资金建设水电站，并邀请该局总工程师、世界知名水利专家萨凡奇来华考察。萨凡奇在三度实地考察三峡地区后，写出了《扬子江三峡计划初步报告》，即著名的"萨凡奇计划"，但后因中国内战，此事无果而终。

新中国成立后，由于长江上游洪水频发，屡屡威胁武汉等长江中游城市的安危，三峡工程被重新提上议程。毛泽东1953年初，视察三峡时，曾说："三峡水利枢纽是需要修建而且可能修建的"，"但最后下决心确定修建及何时开始修建，要待各个重要方面的准备工作基本完成之后，才能作出决定。"此后周恩来、邓小平、江泽民、李鹏等国家领导人均就三峡工程建设作出重要批示。三峡工程从最初的设想、勘察、规划、论证到正式开工，经历了75年，期间经历了多次利弊辩论、思想碰撞，广泛征集意见。

从1992年第七届全国人民代表大会第五次会议投票通过了《关于兴建长江三峡工程的决议》，到1994年三峡工程正式开工，到1997年大江正式截流合龙，到2002年大坝正式永久挡水，到2003年下闸蓄水首台机组发电，到2006年大坝全线到顶。历经十余载努力，三峡大坝挺立江中。人类千百年来拦江筑坝，锁住大河，驯服洪水，让长江安澜的夙愿终于实现。

在三峡工程兴建以前，长江中下游地区以"人力抗洪"为主，在洪

水面前，人们居于"守势"，滚滚洪灾往往带来巨大损失。三峡工程的建设，从根本上改变了人们面对长江洪水"逆来顺受"的历史，开启了"工程治江"时代。

兴水为民　防洪是三峡工程的首要目标

兴修水利，治理水患，在三峡水利枢纽工程几大效益中，防洪居于首位。作为长江防洪系统中的关键性骨干工程，三峡工程使长江中下游的防洪能力大大提升，调度的安全性、可靠性、灵活性显著增强。

三峡大坝位于重庆至宜昌之间的长江干流上，地理位置优越，可以有效地控制长江上游洪水。三峡水库总库容393亿立方米，可调节防洪

三峡坝区夜景　（本报特约记者　肖舸　摄）

库容 221.5 亿立方米，能有效地拦截宜昌以上来的洪水，水库调洪可消减洪峰流量达每秒 2.7 万 -3.3 万立方米，有效控制长江上游洪水，保护长江中下游荆江地区 1500 万人口、150 万公顷耕地。使荆江地区的防洪标准由目前的 10 年一遇提高到百年一遇。提高荆江河段的安全水平，并增加武汉市防洪调度的灵活性。

如文章开头说的，汛前，三峡水库将提前降低水位，腾空防洪库容，保持低水位运行，这需要以牺牲发电为代价。而在洪水面前，三峡工程也证明这种牺牲的值当。

1998 年，长江流域发生特大洪水灾害，受灾面积 3.18 亿亩，受灾人口 2.23 亿人，死亡 3004 人，倒塌房屋 685 万间，直接经济损失达 1666 亿元。当年洪水最大峰值为每秒 6.3 万立方米。时隔 12 年，洪水再至。2010 年长江再次发生全流域特大洪水，宜昌段刷新了 1998 年的峰值记录，最大流量达 7 万立方米每秒，但是 2010 年长江中下游并未出现 1998 年百万军民上大堤的悲壮情景，洪水过境，下游安然处之而并未惊慌。

和 12 年前相比，经过三峡大坝的拦蓄，洪水控制效果明显。资料显示 2010 年 7 月 20 日 8 时，进入三峡水库的洪水流量达 7 万立方米每秒，通过三峡水库的调蓄消减，下泄流量控制在 4 万立方米每秒，削减洪峰超过 40%。此轮洪峰拦蓄长江上游洪水约 70 亿立方米，使长江上最为险要的荆江河段水位降低 2.5 米左右，保持在警戒水位以下。

万里长江险在荆州，沙市处于与长江洪水抗争的最前线。1998 年洪水峰值 6.3 万立方米每秒，而在 1998 年的那场洪灾中，沙市水位曾 3 次超过历史最高水位 44.67 米，最高时曾达到 45.22 米。可以想象，如果没有三峡大坝，此次峰值高达 7 万立方米每秒的洪水，将会给荆江地区带来怎样的灾难。"三峡水库首度拦蓄长江大洪水，显示出在长江防洪体系的不可替代的骨干作用。"时任长江防总常务副总指挥、长江水利

委员会主任蔡其华说。

1998 年，曾经有 350 公里长的干堤用临时加子堤进行防洪，大堤曾出现了 70000 多处险情，其中干堤上有 9000 多处，危及 2300 万人的生命安全；有 1075 个圩垸堤防垮塌，动用了 670 多万人，包括民兵预备役、武警、解放军战士等进行大堤的抢险和抢护。而 2010 年干堤只是出现了一些散浸等一般险情，未发生重大险情。

2012 年汛期，长江上游洪水一轮紧接一轮。7 月 7 日和 12 日，长江 1 号、2 号洪峰先后到来，入库洪峰流量分别达每秒 56000 立方米和每秒 55500 立方米，三峡水库相应泄流每秒 40000 立方米、每秒 42000 立方米，削峰率分别为 29% 和 24%。据国家防办防汛一处处长尚全民介绍，三峡工程这轮中小洪水拦洪削峰调度防洪效益明显，降低沙市站水位 1.77 米、降低城陵矶站水位 1.5 米左右，实现了中下游干流不超警的目标，避免了大量人员巡堤查险。

7 月 24 日 20 时许，峰值达每秒 71200 立方米的长江 4 号洪峰抵达三峡大坝，这是三峡水库成库 9 年来的最大洪峰。三峡枢纽充分发挥拦蓄削峰作用，将下泄流量严格控制在每秒 43000 立方米，近 4 成洪水被拦蓄在三峡水库内，有效减轻了洪水对长江中下游的威胁。

数据显示，2012 年，三峡水库共执行调度令 26 次，对 4 次流量大

三峡大坝上游水库 （本报特约记者 郑斌 摄）

于每秒 50000 立方米的洪水实施防洪调度，最大削峰每秒 28200 立方米，削峰率达 40%，最高蓄洪水位 163.11 米，累计拦蓄洪水 228.4 亿立方米，极大地保证了长江中下游的防洪安全。

2015 年 8 月，《中国三峡工程报》记者特意走访了荆江地区，实地采访荆江防洪重点区域公安、江陵等地。这片昔日一到汛期就尤为紧张的地区，此时显得安静了许多。荆江分洪工程南北闸管理处北闸管理所副所长张洪介绍说，三峡工程建成以后，荆江安澜，荆江分洪区再未启用。除了备战大洪水的功能，北闸已逐渐成为集参观、旅游、爱国教育等多功能为一体的国家 AAA 级旅游风景区，先后被确定为"湖北省文物保护单位"、"国家级重点文物保护单位"、"省水利风景区"。

科学调度　泄洪是为了更好地防洪

在长江发生大洪水时，洪峰来临，三峡水库开闸泄洪，有人不禁怀疑：正值长江中下游防洪之际，三峡水库的泄洪会不会加剧下游紧张形势？三峡工程是否真是所谓的"旱蓄涝泄"？其实，"泄洪"是科学调度而非无奈之举。泄洪，是通过科学调度，精打细算，精心利用好每一立方米库容，发挥三峡工程削峰、错峰的作用。

三峡水库防洪库容为221.5亿立方米，而长江的年径流量接近一万亿立方米，其中百分之七八十的水量集中在雨季。如果不进行必要的防洪调度，一味地按照蓄洪补枯的原则在整个汛期进行蓄水，那么221.5亿的防洪库容肯定很快就会被填满。对此后再出现的洪水，三峡大坝会完全失去任何防洪作用。因此，为了保障在遭遇洪水时三峡水库的防洪库容存在，泄洪是必要的防洪调度，泄洪是为了更好的防洪。

有人形象地将三峡水库比作一个大水袋子，三峡大坝则是一个水龙头，洪水来临，水袋子把水兜住，再通过水龙头慢慢放掉。至于水龙头开多大，既能保证水袋子不满不破，又能保证下游处于可接受范围内，这就需要科学计算、精心调度了。

2010年国家防汛抗旱总指挥部秘书长、水利部副部长刘宁在答记者问时介绍，针对当时的洪水，采取的调度方式是，当长江上游三峡水库的入库流量小于50000立方米每秒的时候，三峡工程控制下泄流量为34000立方米每秒。当大于50000立方米每秒的时候，三峡工程控制下泄流量40000立方米每秒。这几个数字后面有充分的科学依据，一方面可以控制荆江大堤沙市河段水位不超警，另一方面即使拦蓄了洪水，也不至于顶托而影响上游嘉陵江的行洪，以尽可能减少重庆市受淹的范围。目前来看，三峡工程发挥了重要的作用，尽管中下游的河段和两湖的水位当前有所上涨，但均得到了有效的控制。嘉陵江的排水目前非常顺畅，整个这场洪水过程是在科学防控、合力抗洪这样的要求下取得了初步的成效。

"科学调度就是，用水利工程适当地削峰拦洪、适度地控制泄洪、适时地进行调蓄错洪。"刘宁说。

2010年汛期，三峡水库7次防洪运用，累计拦蓄洪水266.3亿立方米，直接防洪经济效益213亿元。

三峡水库有着221.5亿的防洪库容，结合金沙江下游向家坝、溪洛渡水电站形成的50余亿立方米防洪库容，三库联动加上清江流域，通过科学调度，将更为有效地应对长江洪水。等金沙江下游白鹤滩、乌东德电站建成后，将新增70余亿立方米防洪库容，五库联动加上清江流域的调节，对洪水的有效控制将更具灵活性。而这其中，科学地进行流域梯级水库联合调度成为重点课题。

三峡为轴 构建长江立体防洪体系

三峡水利枢纽是长江中下游防洪体系中的最关键工程，在洪水来袭时，科学的调度能使它的抗洪能力发挥极大的作用。但是，我们不能把注意力都放在三峡大坝上，三峡工程不能承担整个长江的防洪，正如水利水电工程专家陆佑楣所说，三峡水库不可能解决所有问题，它毕竟只是个长江防洪的主体工程。长江流域存在的一系列问题，包括支流堤防等配套工程的不完善，长江中下游水土流失严重，湖泊蓄洪功能的减退，也是造成洪水泛滥的不容忽视的因素。

因此，长江的防洪，不仅仅在于三峡工程一家。上蓄下泄的优化调度、流域内工程措施与非工程措施的有机结合，构建立体防洪体系，才是应对长江洪水的关键。

1990年长江水利委员会对长江流域的防洪规划进行了系统的补充和修订。其主要思想是：长江的防洪矛盾，特别是长江中下游平原区超额洪量与河道安全泄量不相适应的矛盾，不能采用单一的手段解决，而需采取"蓄泄兼筹，以泄为主"的综合措施。长江流域的防洪必须根据长江洪水峰高量大的特点，以及各地区的自然条件及社会经济情况采取"上蓄下疏，标本兼治"的综合治理方针。

长江上游干流及其支流上已经兴建了三峡、向家坝、溪洛渡等一批库容大、调节能力大的综合水电水利枢纽工程，形成了一个相对庞大的

滞洪场所，对洪水的调峰错峰发挥着重要的调节作用。但是，水库群之间如何进行密切合作，让有限的防洪库容发挥最大的作用，其调度机制、运行机制、管理法规尚不健全，这是以后需要重点研究的课题。

对于中下游来说，需要对长江堤防进行了大规模的整改和加固，包括支流和中小河流堤防加固及河道整治，以应对可能出现的大洪水。

同时加强水土保持、洪水预报、防汛抢险、洪水保险等非工程措施，逐步构建以三峡工程为骨干、堤防为基础，配合以其他干支流水库、蓄滞洪区、河道整治、水土保持及非工程防洪措施的较为完善的防洪工程体系。

有了骨干型的三峡大坝，不能是长江防洪建设的结束，而是新的开始。

（原载《中国三峡工程报》2016年6月8日3版）

国家防汛主管部门批复溪洛渡、向家坝、三峡、葛洲坝 2016 年度汛方案

《中国三峡工程报》通讯员　李帅　周曼　张雅琦

本报讯　5 月 30 日，国家防汛抗旱总指挥部（简称国家防总）正式批复了《三峡－葛洲坝梯级水利枢纽 2016 年汛期调度运用方案》。此前，长江防汛抗旱总指挥部（简称长江防总）已就溪洛渡、向家坝水电站 2016 年汛期调度运用方案作出了批复。至此，三峡集团编制的《溪洛渡、向家坝、三峡、葛洲坝梯级水库 2016 年汛期调度运用方案》（简称四库汛期调度运用方案）均获国家防汛主管部门批复，为长江流域关键性骨干梯级枢纽工程主汛期科学调度提供了重要遵循。

针对今年汛期极有可能出现超过 1998 年洪水的严峻形势，三峡集团提前筹划、积极准备，4 月初编制完成了四库汛期调度运用方案，并报长江防总审批。5 月，国家防总和长江防总分别就三峡－葛洲坝梯级枢纽和溪洛渡、向家坝水电站汛期调度运用方案作出批复，批复的方案明确了溪洛渡、向家坝、三峡、葛洲坝四座大型水库的防洪任务、防洪标准、防洪限制水位、调度方式以及调度权限，为 2016 年汛期四库联合

防洪运用提供了调度依据。

目前，流域梯级水库正在按照国家防总和长江防总批复的意见有序消落，及时腾空库容，确保汛前降至汛限水位，为汛期防洪度汛工作做好准备。

今年受厄尔尼诺气候影响，长江中上流域降雨总体偏丰，来水偏多，同时长江中下游防汛形势紧张。国家防总预测，由于今年降水总体偏多，长江流域有发生大洪水的可能，按国家防总的要求，三峡水库加大下泄流量，提前消落水位，为防大洪水腾空库容。长江电力梯调中心将密切监视天气变化，强化会商研判，着力抓好预测、预报、预警，立足于防大汛、抗大洪，从最不利情况出发，严阵以待做好防汛准备工作。

（原载《中国三峡工程报》2016年6月1日1版）

三峡水库全面进入防汛阶段

《中国三峡工程报》特约记者　文小浩　高玉磊

本报讯　按照三峡水库正常运行期调度规程和国家防总的批复要求，自6月10日开始，三峡水库全面进入2016年防汛阶段。此前，为预防可能出现的早汛，三峡水库自5月份开始加快了消落速度，于6月5日提前消落至汛限水位浮动范围以内，汛前消落任务顺利完成。

三峡水库于2015年10月28日第6次成功试验性蓄水至175米后，11月至12月维持在174至175米高水位运行，出库流量按照三峡电站保证出力和葛洲坝下游庙嘴站不低于39.0米对应的流量控制。2016年1月至4月三峡水库日均出库流量按照不小于6000立方米每秒控制，库水位逐步消落，消落过程中统筹兼顾了下游航运、供水以及电网发电等需求。自2015年汛末蓄水至175米至2016年6月9日，三峡水库平均出库流量为9900立方米每秒，比平均入库流量（8800立方米每秒）多1100立方米每秒，考虑消落过程中回蓄的水量，三峡水库累计为下游补水约242亿立方米，补水天数达171天。

5月27日，国家防总正式批复《三峡－葛洲坝水利枢纽2016年汛期调度运用方案》，根据批复意见，三峡水库2016年汛期防洪限制水位为 145.0 米。实时调度时，6 月 10 日至 8 月 31 日，水库水位可在 144.9 至 146.5 米之间浮动；8 月 31 日之后，当预报上游不会发生较大洪水，且下游控制站沙市、城陵矶水位分别低于 40.3 米、30.4 米时，结合后期 175 米蓄水需要，9 月 10 日水库运行水位上浮至 150.0 至 155.0 米控制。汛期，当长江上游发生中小洪水，根据实时雨水情和预测预报，在三峡水库尚不需要对荆江河段或城陵矶地区实施防洪补调度，且有充分把握保证防洪安全时，三峡水库可以相机进行调洪运用。

今年以来，受超强厄尔尼诺影响，长江流域降雨偏多，中下游地区较往年提前进入汛期，多个水文站点出现历史同期最高水位。面对今年严峻的防汛形势，三峡集团深入贯彻习近平总书记、李克强总理关于防洪度汛的重要批示和汪洋副总理重要讲话精神，认真落实国家防总 2016 年全国水库安全度汛视频会议精神，按照防超过 1998 年大洪水的要求，汛前多次召开防汛专题会议，并组织安排了多次防汛检查。目前，三峡和葛洲坝电站、船闸以及泄水建筑物等设备设施检查维修全部完成，防汛物资配备充足，各项准备工作落实到位，各单位严阵以待，全面进入梯级枢纽防洪度汛备战状态。6 月 2 日，三峡-葛洲坝梯级枢纽调度协调领导小组组织相关单位召开了三峡-葛洲坝梯级枢纽 2016 年第一次防汛工作会议，全面部署梯级枢纽防洪度汛工作。

汛期，三峡集团将密切关注三峡上游水雨情变化，加强对三峡枢纽的安全监测和现场巡查，建立有效的预报预警和会商机制，全面落实 24 小时值班制度，严格执行国家防总和长江防总的调度指令，及时向国家防总、长江防总和有关部门通报情况，统筹兼顾，科学调度，确保梯级枢纽安全度汛。

（原载《中国三峡工程报》2016 年 6 月 15 日 5 版）

面对汛情　精心准备

应对流域性大洪水，长江准备好了吗？

新华社记者　熊金超　黄艳　李思远

"基本可以安澜。"屡遭水患的长江准备好了吗？长江防总副主任陈桂亚接受新华社记者专访时表示，长江防洪体系今非昔比，如果发生1998年那样的流域性大洪水，中下游蓄滞洪区无需启用。

上游拦洪：从无库可用到库群"联调"

统计数据显示，1998年长江流域性大洪水，致长江中下游五省死亡1500多人，直接经济损失约2000亿元。

当时，三峡工程刚刚在1997年实现大江截留，而长江上游也没有一座可以用于调度拦蓄洪水的水库。

18年后，长江防洪体系已今非昔比。2008年，三峡水库成功实现175米试验蓄水，长江水利委员会开始研究三峡水库防洪调度。经过几年的科学研究，2009年《三峡水库优化调度方案》获得国务院批复。

按照这一方案，三峡水库拥有221.5亿立方米的防洪库容，在科学调度的前提下，可以抗击1998年级别的洪水，基本不用启动分洪区。仅

凭三峡水库的调度，长江荆江河段的防洪标准就由二十年一遇提高到百年一遇。

特别是长江上游水库群的陆续建成，对长江流域防洪的联合调度效应开始形成。联合调度的上游水库群，从 2012 年的 10 座、2013 年的 17 座，到 2014 年达到了含三峡水库在内的 21 座。

"这对长江中下游防洪意义重大。"陈桂亚说，"从 2012 年开始，我们每年都要编制上游水库群联合调度方案，在实践中不断完善，提升水库群防洪能力。"

据介绍，上游 21 座水库群的防洪库容总计 363 亿立方米，可以拦蓄洪水、削减洪峰和错峰，为中下游减少 65 亿立方米的洪量。"到 2022 年，上游两个大型水库陆续投入使用，还将增加 100 亿立方米的防洪库容。"陈桂亚说。

堤防挡水：从千疮百孔到"钢铁长城"

"1998 年的大洪水，荆江河段 1700 多公里超警戒水位，24 处溃口，最高峰时，48 万人上堤抗洪。"经历过 1998 年抗洪斗争的荆州市河道管理局总工程师杨维明说。"那个时候的大堤，大多都有堤顶欠高、厚度不够、坡度太陡、堤身薄弱等问题，洪汛来临，散浸、管涌随之出现。多年没有维护加固的大堤，千疮百孔。"

1998 年后，国家和沿江各省投入大量资金对长江干堤进行加固维护。长江委防办主任陈敏告诉记者，1998 年底，国家全面启动加固长江干堤工程。

国家对长江干堤的投资，仅 1999 年的投资，就相当于新中国成立后所有投资的总和。据长江委规计局副局长张明光介绍，到 2002 年，经过 4 年的建设，跨越鄂、赣、湘、皖四省的长江中下游干堤加固工程基本完工。

在长江干堤加固工程启动后，国家又开展长江重要堤防隐蔽工程建设。"隐蔽工程"分布在湖北、湖南、江西、安徽四省，共 28 个项目，总投资 64.9396 亿元，共涉及堤防长度 1935 公里，河势控制项目涉及河段长 630 公里。

2005 年至今，国家及沿江各省也加强了堤防维护整治，3570 多公里的干堤得到史无前例的加固。陈敏说，经过 10 多年的建设，如今的长江大堤，已成为固守长江两岸的"钢铁长城"，"与 1998 年不可同日而语了。"

汛情监控：从人工测报到自动监测

沿江洪汛真相，是长江防汛的调度与决策的依据，对全流域防洪举足轻重。

记者在长江防总指挥部看到，现代通讯和监测手段的运用，已使长江流域汛情监控系统发展到了"当年不可想象"的地步。

湖北省防汛抗旱指挥部办公室专职副主任徐少军回忆说，1998 年汛期，报汛用得最多的是"打电报"。"每天报三次，早上 8 点、下午 2 点、晚上 8 点，水位流量靠的是人跑过去测，然后回来用电报传输。"

"那个时候，条件差啊。水位靠人眼看、手工记，传输靠发电报，指挥部拿到的数据往往滞后好几个小时。"陈桂亚说。如今人人都有手机，指挥、调度、协调、沟通快捷。更为重要的是，长江流域所有的水雨情监测都实现了自动化，依靠现代化的监测站点和设备，自动报汛。

"现在，20 分钟以内，全流域所有报汛站点的信息可汇集到长江防总，30 分钟以内可报至国家防总。事实上，很多信息 10 分钟之内就到了。"陈桂亚说，基本可以通过电子系统，实时监测数据。

气象水文预报预测技术的大幅提升，提升了预报精度、准度。"经济的快速发展带来了科学技术的全面提升。一个明显的感受是，现在的天气预报比 20 年前准了很多。"徐少军说。

同时，指挥体系建设、防汛预案设置等，都比 18 年前完善了许多。

陈敏说："上世纪 90 年代没有规范的应急预案，而现在，从国家层面到流域、再到沿江各省市县，都有相应的应急预案。如果出现状况，启动相应的应急预案，可及时精准应对。"

"这些非工程体系建设，是另一个钢铁长城，织就一张全面、专业、快速、灵活的防洪体系保障网络。"陈敏说。

（原载《中国三峡工程报》2016 年 6 月 22 日 3 版）

一场洪水就是一份责任

——解密三峡工程如何实现防洪功能

《中国三峡工程报》记者　谢泽　但棣瑶

特约记者　邢晶

众所周知，三峡枢纽作为长江防洪体系的关键性骨干工程，守卫着长江中下游特别是荆江区域的度汛安全。可是作为一个现代化的枢纽工

三峡大坝远景

程，它是怎样将一场场惊心动魄的洪水化险为夷的，大众往往不甚了解。本报记者近日走进三峡枢纽运行中枢——三峡水利枢纽梯级调度通信中心（以下简称梯调中心），为您解密三峡枢纽是怎样实现防洪功能的。

背景：今年可能是个"98+"汛期

今年3月，气象水文部门预测，受史上最强厄尔尼诺现象影响，今年长江流域入汛早、汛情急，汛期发生全流域大洪水的可能性较大。针对严峻的防汛形势，三峡集团所属长江流域各梯级水库已提前消落到汛限水位，腾出防洪库容，时刻准备着迎战洪水来袭。

6月下旬以来，受长江上游流域强降水影响，三峡水库入库流量快速上涨，梯调中心密切关注气象水文情况，通过提前预报，加强与气象、水文部门会商，积极与长江防总和电网公司沟通协调，针对梯级水库开展优化调度，确保下游防洪安全，充分做好抵御"98+"洪水的准备。

预测：防洪始于千里之外

在很多人的想象中，三峡水库就是一个"水袋子"，将长江洪水装进"水袋子"里，确保下游安全。但这只是大坝防洪的最基本原理，长江洪水是在汛期内频繁出现的，不是将一场洪水装在水库里就万事大吉了。每一场洪水怎么"装"、怎么"放"，在三峡枢纽这里，是一个高科技含量的工作。

要想知道一场洪水怎么"装"，怎么"放"，首先必须掌握这场洪水的情况。三峡集团在从金沙江中游到三峡坝址，包括岷沱江、嘉陵江、乌江等干流、支流范围内建设了600多个水雨情遥测站，这些站点通过卫星、移动通讯等方式，实时将其测到降雨和水文信息报送梯调中心。与此同时，梯调中心收集来自气象、水文部门的水雨情信息，以及上游

水文预报工作人员绘制洪水过程线　（本报特约记者　邢晶　摄）

干支流上主要电站的水库调度信息，并结合三峡气象台对于近坝区雨情测报，通过精准的计算和分析，对洪水何时来、有多大、持续多久等情况作出准确预报。

因此可以说，三峡枢纽应对一场洪水，并不是兵来将挡水来土掩，而是运筹帷幄，决胜千里之外。

根据梯调中心从上述各渠道采集到的信息，6月17日到19日，长江上游区域多地发生强降雨，上游干流来水快速增加，三峡水库入库流量出现入梅以来首个快速上涨过程。

通过综合分析水雨情信息、气象预报以及各水库调度的情况，6月20日，梯调中心作出预测：该月27日前后将有一场洪峰流量达到35000立方米每秒的洪水过程通过三峡枢纽。

6月21日三峡入库流量开始增长，三峡水库入库流量达30000立方米每秒。随后出现消落，但三峡气象台预测近坝区间将出现强降雨，梯

调中心作出判断，三峡入库流量将再次快速攀升。

与预测情况一致，6月23日到24日，乌江和三峡近坝区间出现大到暴雨，24日8时至20时12个小时内，三峡入库流量从20000立方米每秒快速上涨至33000立方米每秒。同时，梯调中心根据最新水雨情发布预报：此次洪水的洪峰将提前一日，于6月26日抵达三峡坝前。

6月26日8时，三峡水库入库流量达到35000立方米每秒，达到此次洪水流量峰值。

应对：不仅是驯服，还要能利用

准确预报了洪水，接下来，就到了见证奇迹的时刻了。

此次洪水最高峰值流量为35000立方米每秒，属于中小洪水。若是按大众朴素的"水袋子装水"理论，三峡水库将这次洪水装在水库里，也是装得下的，而且库容绰绰有余。全部来水装进水库，推高水库水位，也是有利于发电的。

但是，三峡首要任务是防洪，一切其他功能的实施都要服从防洪。在这一点上，国家防总、长江防总和三峡集团等相关单位思想高度统一。为确保随时可能出现的大洪水，三峡枢纽牺牲发电效益，将水位严控在汛限水位里。

严控汛限水位，就意味着要将洪水削峰后降低流量放掉。而这一过程，梯调中心将通过控制蓄、泄流量，以及和长江防总、电网公司等单位合作，在确保下游行洪的绝对安全下，实现中小洪水的资源化。

根据防总的调度要求，三峡枢纽需利用144.9米-146.5米间的水库容积来对这次洪水进行削峰处理。这1.6米的库容容积仅10亿立方米左右，梯调中心只有通过精确调度，才能既保证上游不突破汛限水位，又确保下泄流量不给下游带来防洪压力。

此次洪水过程中，6月20日至24日上午，三峡入库流量在30000立方米每秒以内，对下泄影响不大，下泄基本通过三峡电站机组。也就是说，洪水被削峰后，通过三峡机组，变成了电流。

6月24日开始，三峡入库流量快速上升，长江防总要求三峡下泄流量不超过31000立方米每秒。这是一个比较大的下泄量，梯调中心接到调令后，便开始编制调度计划。

三峡工程的中小洪水调度，是可以实现洪水资源化利用的。6月24日10时，梯调中心联系国家电力调度通信中心（以下简称国调中心），提出加大三峡电站发电出力的要求。国调中心积极响应，与各大区电网、省网公司联系，调整各级调度计划，为三峡电站争取消纳空间。

但根据国调中心反馈，近期受电网检修的影响，无法立刻达到梯调中心要求的出力。国调中心时刻与各检修单位保持密切联系，确保每完成一部分检修，就马上为三峡放出一部分出力。国调中心也将此安排与长江防总进行沟通，确保不影响防洪安全。

从6月24日16时开始，国调中心开始逐步增加三峡电站出力，三峡枢纽也逐步达到长江防总要求的31000立方米每秒的下泄流量。在此期间，三峡水库水位未突破汛限水位。

由于调度得当，此次洪水经过三峡期间，三峡枢纽顺利实现削峰目的。在长江防总、电网公司的支持配合下，此次洪水资源被三峡电站全部利用，未进行泄洪弃水，实现了100%利用，为电网迎峰度夏也做出了贡献。

6月27日，此次洪峰安全通过三峡枢纽，截至当日16时，沙市水位40米、城陵矶水位30米左右，均未超过警戒水位，三峡工程守卫的荆江河段安全无虞。

（感谢三峡梯调中心水资源利用预报部主任陈忠贤对本文的贡献）

（原载《中国三峡工程报》2016年7月6日4版）

三峡入库流量达 25 年来同期最高

准确预报今年首场强降水过程　水库实行精细化消落

《中国三峡工程报》通讯员　鲍正风　徐卫立　徐涛　张俊

本报讯　受长江上游流域连续多日强降雨影响，三峡水库入库流量快速上涨近 8000 立方米每秒，5 月 8 日 8 时达到 17800 立方米每秒，创

5 月 10 日 8 时，三峡入库流量 18500 立方米每秒，出库流量 16300 立方米每秒，库水位 157.06 米 （本报通讯员　王爱平　摄）

1992年以来即25年来同期最高纪录。受乌江江口、彭水以及嘉陵江草街电站弃水腾空库容影响，三峡入库流量9日缓退后再次上涨，10日2时三峡入库流量达到19500立方米每秒，再次刷新新纪录，该流量排在1890-2015年5月上旬长系列水文统计资料同期第4位，接近历史最大1904年的20700立方米每秒。

受高空低槽东移和地面强冷空气南下影响，5月6-7日长江上游流域自西向东出现了今年以来首场强降水过程，流域内普降中到大雨，其中嘉陵江流域、乌江流域、重庆—万州区间出现大到暴雨，部分站点降大暴雨。长江电力梯调中心精心准备、准确预报了此次强降水过程，为水文预报及发电计划制作提供了有力支持。

对于本次天气过程的预报服务，长江电力梯调中心气象预报人员最早在5月1日周预报中指出5月6-8日受高原槽东移和地面冷空气南下影响，上游流域将迎来降水过程；随着天气形势的演变，强降水趋势越发明显，5月3日预报"6-8日，上游流域自西向东将出现一次中到大雨过程"；针对即将到来的强降水过程，梯调中心于5月5日上午开展了今年首次远程视频会商，作出了"6-7日长江上游将迎来首场强降水，嘉陵江、三峡区间等流域有大到暴雨，局部大暴雨"的降水预报。5月6日凌晨，强降水率先从岷沱江流域展开并东移加强。降水过程期间，梯调中心预报人员值守坝区，密切监视天气形势的变化，较为准确地完成了本次强降水预报服务工作。本次降水过程预报的降水强度、影响范围与实况较为接近，为水文预报及发电计划制作提供了有效的技术支持。

今年长江上游流域首场强降水的发生时间与历年时间均值较为一致，但降水强度大、范围广，对水库消落产生较大影响。且预报显示后期长江上游流域仍有较为明显的降水产生，梯调中心将继续密切监视环流形势的调整，努力做出精确及时的气象预报，为消落工作提供可靠的气象支持。

同时，梯调中心为减少后期三峡水库消落压力，提前根据来水预报制定多种水库消落方案，最终选择前期多消落，汛末少消落的方案。既

可满足国调中心日均 0.4 米消落要求，同时可避免日消落水位超 0.6 米的限制，还能使葛洲坝不弃水，实现了水库精细化消落。在此期间，梯调中心加强与国调中心的沟通协调，预报人员加班加点，每日在国调中心早会前将次日调度思路、计划安排及水库运行方式汇报国调中心。据统计，5 月 2-8 日三峡水库平均日降幅 0.41 米，其中前五日日均消落 0.55 米，周末平均消落 0.06 米。

5 月 4 日，梯调中心水资源部全体员工还在"徐卫立青年创新工作室"举行了 2016 年汛期遭遇特大洪水应急演练。演练背景设定在汛期、上游流域连续暴雨、未来上游流域仍有大的降雨过程、三峡坝址将遭遇特大洪水，演练内容主要包括当三峡水库汛期遭遇特大洪水时，天气预报、洪水预报、应急汇报、后期运行方式变更、发电计划变更、泄水建筑物开启方案预想、洪水预警信息报送的应急处理。本次应急演练检验和锻炼了水情气象人员的应急处置能力，取得了良好效果。

（原载《中国三峡工程报》2016 年 5 月 11 日 1 版）

三峡水库流量迎入梅以来首次快速上涨

《中国三峡工程报》记者　刘蒙胜

本报讯　受近期持续降雨影响，刚过去的一周三峡水库入库流量呈逐渐加大趋势。17 日—19 日，长江上游区域多地发生强降雨，长江上游干流来水快速增加，三峡水库流量迎入梅以来首个快速上涨过程。三峡梯调中心数据显示，6 月 16 日 8 时，三峡水库入库流量为 15000 立方米每秒，到 6 月 21 日 8 时，三峡水库入库流量达 30000 立方米每秒，为今年入汛以来最高值。三峡梯调中心密切关注气象雨情，提前 4—5 天预判到此次降水过程，通过提前预报，加强与气象、水文部门会商，编制优化调度方案，全力迎接此次洪水，做好枢纽防洪度汛以及保发电工作。

据中央气象台消息，6 月 18 日至 19 日，我国南方出现东西两个降雨中心，位于三峡大坝下游的湖北东部、安徽南部、江西北部、浙江西北部；上游的四川南部、重庆南部、贵州北部、云南东北部等地出现大到暴雨、局部大暴雨。

（原载《中国三峡工程报》2016 年 6 月 22 日 1 版）

三峡枢纽削减洪峰 1.9 万立方米每秒

入库 5 万立方米每秒 出库 3.1 万立方米每秒

《中国三峡工程报》特约记者　邢晶

通讯员　胡挺　鲍正风

本报讯　受长江上游流域三峡区间和乌江流域集中强降水天气过程影响，7 月 1 日，三峡水库迎来入汛以来 50000 立方米每秒的最大洪峰洪水过程。洪峰过境之际，三峡枢纽运行调度平稳正常。

本次洪水过程从 6 月 27 日 20 时的 25000 立方米每秒开始起涨，至 35500 立方米每秒后小幅回落，于 30 日 8 时再次起涨，到 7 月 1 日 14 时，三峡入库流量达到 50000 立方米每秒，为 2016 年入汛以来最大洪峰。

考虑当前长江中下游干支流水位普遍偏高实际，为减轻下游地区尤其是城陵矶地区的防洪压力，按照长江防总的调度指令，三峡水库下泄流量控制在 31000 立方米每秒，三峡枢纽积极发挥防洪功能，削减洪峰 19000 立方米每秒，有效缓解了长江中下游严峻的防洪压力，同时，减轻了水库泄洪对航运的不利影响。

后期，三峡集团将密切关注长江流域水雨情情况，根据长江防总统一调度，统筹好三峡集团溪洛渡、向家坝、三峡、葛洲坝四座梯级水库

7月1日，入汛最大洪峰平稳过三峡 （本报通讯员 李浩武 摄）

调度，充分发挥好梯级枢纽的防洪作用。长江电力梯调中心密切关注实时流域水雨情和水文气象预报，通过强化气象会商、降水预报、科学调度防洪工程、协调电力外送通道等措施，在确保三峡工程及长江中下游防洪安全的前提下最大限度发挥梯级枢纽综合效益。

（原载《中国三峡工程报》2016 年 7 月 2 日 1 版）

三峡水库已腾出九成防洪库容

《中国三峡工程报》通讯员　曹红伟　徐涛　邢晶

本报讯　据三峡梯调中心调度室实时水情显示：5 月 26 日 10 时 30 分，三峡水库上游水位消落至 150 米，为 2009 年以来同期汛前消落最

5 月 26 日，三峡水库上游水位消落至 150 米。图为近日三峡水库坝前水位情况

低水位。这标志着三峡水库水位消落进入冲刺阶段。

　　近日，长江上游流域来水较为平稳，三峡水库入库流量较 5 月上旬明显下降。随着入库流量回落，三峡水库出库流量相应减少。5 月 17 日 14 时至 20 时消落高峰期，三峡水库出库流量始终低于 19000 立方米每秒。5 月 26 日 10 时 30 分，三峡水库上游水位降至 150 米，10 时三峡入库流量 15800 立方米每秒，出库流量升至 19800 立方米每秒。三峡水库上游水位从最高蓄水位 175 米消落至 150 米，释放库容 196.1 亿立方米，占三峡水库有效防洪库容的 88%。

（原载《中国三峡工程报》2016 年 5 月 28 日 1 版）

三峡水库提前 5 天完成汛前水位消落任务

《中国三峡工程报》特约记者　邢晶

本报讯　6 月 5 日 14 时，三峡水库水位消落至 145.79 米，到达国家防汛抗旱总指挥部批准的汛期运行水位，这标志着三峡水库提前 5 天完

三峡水库消落到汛期运行控制水位　（本报通讯员　程功　摄）

成了汛前消落计划，为迎战可能到来的大洪水做好了准备。

2016 年 3 月，气象水文部门预测，受超强厄尔尼诺事件影响，今年气象年景偏差，汛期发生大洪水的可能性较大。

根据国家防总批复的相关文件，2016 年三峡水库水位从去年 12 月 22 日开始消落，从 3 月初开始，长江中下游干流水位持续上涨，并维持上涨趋势至 4 月底。为提前腾库迎汛，按照国家防总、长江防总的要求，三峡水库 4 月开始提前消落。6 月 5 日 14 时，三峡水库水位继续降至 145.79 米，提前 5 天完成汛前水位消落任务，水库水位消落 28.77 米，累计消落水量 213.1 亿立方米。未来几天，三峡水库还将继续消落，在 6 月 10 日之前水位将消落至 145 米防汛限制水位。

面对长江上游水库调蓄、消落期水情多变，消落压力大等情况，三峡集团和长江电力高度重视今年三峡水库消落工作，梯调中心准确预报、精心调度，合理制作三峡水库消落方案，严密监视水位消落过程；积极主动与气象、水文、防汛等部门加强联系，并及时掌握上游水雨情和上游电站运行信息；充分利用梯调中心自动测报、预报系统及三地四方可视会商系统对未来 5 天的水情实施跟踪滚动预报，对未来 10 天的天气形势跟踪分析；对于明显的降水过程，至少提前一周进行延伸期预测，切实跟踪上游来水预报准确性。在消落调度过程中，梯调中心坚决服从国家防总、长江防总调度指令，认真细化消落调度实施方案，精心调度三峡水库。国家电网公司全力支持国家防总、长江防总消落调度总体安排，积极指导梯调中心做好发电调度，适时优化发电计划，为三峡水库提前 5 天完成消落任务提供了有力的技术支撑和保障。

（原载《中国三峡工程报》2016 年 6 月 8 日 1 版）

三峡水库今年首次
重复利用库容优化调度小洪水

《中国三峡工程报》通讯员　王祥

本报讯　受 6 月 6 日至 8 日长江上游流域横江、岷沱江强降雨影响，三峡入库流量从 15000 立方米每秒逐步上涨至 22000 立方米每秒，三峡梯调中心准确预报了本次来水过程。

为提高水资源综合利用效率，在满足水库防洪度汛要求前提下，三峡梯调中心提前制定了本场小洪水优化调度方案，采取了多项措施。在长江防总和国调中心等单位的支持下，拦蓄洪量达 6.4 亿立方米，避免了三峡大幅度调峰造成葛洲坝多余的弃水损失。

汛期三峡水库重复利用库容是梯级电站节水增发的有力措施之一。本次小洪水优化调度，三峡梯调中心准确预报，提前布局，实时跟踪，三峡水库充分利用有限的调节库容，节水增发电近 3000 万千瓦时。后期，三峡梯调中心将继续抓住每场洪水，力争汛期梯级电站多发电提质增效创造有利条件。

（原载《中国三峡工程报》2016 年 6 月 15 日 5 版）

三峡连续减少出库流量
缓解中下游防汛压力

《中国三峡工程报》记者　刘蒙胜
特约记者　邢晶　　通讯员　高玉磊

　　本报讯　6月30日以来，长江中下游地区遭遇入汛最强降雨过程。因连日暴雨，长江干流监利以下全线超警戒水位。为减轻长江中下游防洪压力，根据长江防总调度令，从7月7日10时30分起，三峡水库出库流量减至20000立方米每秒。这是自7月1日来，三峡水库连续第三次降低出库流量，有力地支援了中下游地区的防洪抗灾。

　　受持续暴雨影响，截至7月6日8时，长江干流监利以下及洞庭湖、鄱阳湖水位全线超警戒水位。7月7日长江防总下达第17号调度令，要求三峡水库减少下泄量，由原来的25000立方米每秒减少至20000立方米每秒。接调度令后，三峡梯调中心迅速联系国调中心，降低三峡电站负荷。从7日10时30分开始，三峡水库减少出库流量，以20000立方米每秒下泄。截至7月7日8时，三峡水库水位为149.08米。

　　7月1日，今年长江1号洪水在长江上游形成，14时三峡水库入库流量达 50000 立方米每秒，为今年入汛以来最大洪峰。三峡水库积极削峰拦蓄，控制出库流量为 31000 立方米每秒，削减洪峰流量 19000 立方米，削峰率达 40%，此后 5 天一直按 31000 立方米均匀下泄，有效减轻了长江中下游防洪压力。7月6日，长江中下游汛情紧急，长江防总调度令要求三峡水库减少下泄量，从 6 日 9 时开始，三峡水库减少出库流量，以 25000 立方米每秒下泄。7月7日，根据长江防总调度令安排，三峡水库再次减少出库流量至 20000 立方米每秒，从 1 日到 7 日累计减少下泄量 11000 立方米每秒，相当于长江河口年均流量的 1/3。

作为长江防洪体系中的关键性骨干工程，汛期，三峡枢纽充分发挥防洪功效。这几天的强降雨多发生在长江中下游地区，三峡枢纽通过控制下泄流量，积极协助长江中下游地区的湖北、湖南、安徽、江苏等省市的抗洪救灾。

（原载《中国三峡工程报》2016 年 7 月 9 日 1 版）

三峡工程入汛以来累计拦蓄洪水近 70 亿立方米

充分发挥防洪功能

《中国三峡工程报》记者　刘蒙胜

通讯员　郭晓

本报讯　截至 7 月 18 日 8 时，经过多轮次的拦洪、削峰、错峰，三峡水库入汛以来已累计拦蓄洪水近 70 亿立方米，有效地支持了长江中下游的防洪抗灾。

入汛以来长江中下游经历多轮次强降雨，防洪形势严峻，按照长江防总调度令要求，三峡水库控制下泄充分利用防洪库容为长江中下游拦洪错峰。7 月 1 日今年长江 1 号洪水经过三峡，最大洪峰 50000 立方米每秒，三峡水库控泄 31000 立方米每秒，最大削峰 19000 立方米每秒，有效避免了长江上游洪水与中下游洪水的遭遇叠加；7 月 6 日根据长江防总调度令，三峡出库流量从 31000 立方米每秒减少到 25000 立方米每秒；7 月 8 日至 15 日，三峡水库进一步控泄至 20000 立方米每秒，通过连续减少出库流量，成功错峰避免了中游城陵矶站超保证水位，缓解长江中下游干流紧张的防洪压力。

7月16日，经会商研判，国家防总和长江防总决定，三峡水库在保持出库流量小于入库流量继续进行控泄的前提下适当加大出库流量，以实现统筹兼顾长江上下游防洪，适度控制三峡水库水位，尽量缩短长江中下游超警时间的双赢目标。根据调度令，7月16日14时三峡水库控泄增加至22000立方米每秒，7月17日起按日均25000立方米每秒控制下泄流量。

据水文气象部门预测，受7月18日至19日强降雨影响，从7月18日开始，三峡水库将迎来新一轮洪水过程，结合溪洛渡、向家坝等上游干支流一批控制性水库的调节，三峡水库将继续为中下游拦蓄洪水。

（原载《中国三峡工程报》2016年7月20日1版）

三峡集团开展三峡枢纽
2016 年防汛应急演练

《中国三峡工程报》通讯员　高玉磊

本报讯　6月14日，三峡集团在三峡大坝右坝头组织开展三峡枢纽2016年防汛应急演练，演练模拟三峡坝区突发暴雨导致三峡大坝右坝头白岩尖边坡发生大面积坍塌事故的处置场景。三峡枢纽管理局、三峡公路管理所、工程事故综合应急救援大队、三峡坝区急救中心等单位的100多人参与了此次演练。

15时，防汛应急演练正式开始。因三峡坝区持续暴雨，三峡公路管理所路政巡逻人员按度汛要求进行加密巡查，发现三峡右坝头白岩尖边坡大面积坍塌，立即按程序上报。枢纽管理局接到险情报告后，迅速启动《三峡枢纽防汛应急预案》，成立应急抢险现场指挥部。

15时13分，工程事故综合应急救援大队到达现场，对塌方路段道路实施临时交通管制，实行半幅通行，设置警示标志、反光锥、指挥旗、交通导示牌、警示旗等布置现场范围，抢险突击队、抢险运输队人工清理沙土，并现场装填麻袋布设阻隔线。15时22分，大型装载设备

到达现场，对现场塌方进行机械清理，卡车装载转移。15时34分，救护车到达现场，医疗救护人员现场对伤者急救，完毕后抬上救护车转移至坝区急救中心。15时40分，现场交通管制、出动大型抢险设备、受伤人员急救、道路疏通等演练动作全部完成，防汛应急演练圆满结束。

本次演练为三峡集团2016年三峡枢纽系列应急演练科目之一，旨在检验三峡枢纽防汛应急指挥机构组织协调能力，强化三峡枢纽相关应急抢险救援力量快速反应、机动、救援及协同能力，提高现场人员应急处置能力，确保汛期一旦发生险情，能够迅速反应、指挥顺畅、配合有力，把险情损失和影响降到最低。

（原载《中国三峡工程报》2016年6月18日1版）

采取本质安全措施　提高应急处置能力

三峡电站开展防汛应急演练

《中国三峡工程报》记者　刘蒙胜

特约记者　陈雍容

　　本报讯　6月2日，今年首场中小洪水顺利通过三峡大坝，流量达到25000立方米每秒。3日上午，三峡电站2016年防汛应急演练在坝区胜利举行，以检验三峡枢纽防汛准备情况以及各单位部门防汛协同能力。三峡集团副总经理张诚观摩演练并讲话。

　　此次演练分三个科目进行："三峡电源电站2号机组黑启动紧急送电至泄洪坝段、坛子岭变电站和船闸变电所应急演练"、"右岸电站计算机监控系统UPS装置无法恢复供电及机组手动开机应急演练"和"三峡地下电站防止水淹厂房应急演练"。9点46分，总指挥长下达演练令，参演单位、部门迅速行动，有条不紊开展各项工作，整个演练过程中，人员响应及时、操作准确，达到了预期目的。

　　演练结束后，应急演练指挥部召开了总结会议，各参演单位对现场演练情况进行了总结评审。张定明总结指出，此次演练在多部门、多单位联合进行的基础上，加强沟通、组织有序，取得了预期效果。

张诚在讲话中指出，此次演练的科目设计结合了今年三峡工程防汛实际，并根据发生过的问题、担心的问题，进行了联合实战演习，真演真练取得了真实效。要通过演练分析问题，完善预案，改善管理，达到提高的目的。要进一步分析考虑多种风险叠加的极端情况，提高全天候作战能力，要在协同关系、调度关系、指挥体系、信息报送等方面进一步深入分析，加强多单位部门协调，厘清管理关系，做好预警工作，提高响应速度，切实采取本质安全措施，提高应急处置能力，全力以赴确保枢纽安全度汛。

张诚要求，三峡工程是长江流域防洪的骨干性工程，要保证工程本身安全运行，通过演练继续落实今年的防汛工作，确保大坝与电站汛期万无一失。

长江电力生技部、安监部、三峡电厂、三峡梯调中心、三峡电能公司、实业公司等150余人参加了演练。

（原载《中国三峡工程报》2016年6月15日2版）

2016 年三峡—葛洲坝两坝间海事救助工作启动

《中国三峡工程报》通讯员　吕宏成

　　本报讯　6 月 20 日 15 时，伴随着两声悠扬的汽笛声，宜港拖 2036 轮缓缓靠泊南津关海事救助中心码头，标志着长江电力 2016 年汛期葛洲坝上游发电泄洪管制水域海事救助及应急值守工作正式启动，这是长江电力连续 12 年组织开展此项工作。

　　按照防大汛的统一部署，长江电力 2016 年提早安排葛洲坝上游发电泄洪管制水域海事救助及应急值守事宜，继续选用长江渝汉区间最大的适航拖轮宜港拖 2036 轮开展两坝间海事救助工作。受长江上游近期降水影响，根据水文预报，三峡入库流量于 6 月 21 日达到 30000 立方米每秒，公司及时安排海事救助拖轮在今年首轮洪水到达前进驻南津关码头，以确保两坝间航运及大坝安全，维护正常的电力生产秩序。6 月 21 日下午，长江电力生产技术部组织有关部门对宜港拖 2036 轮的设备设施进行了检查，并开展了应急响应、消防等科目的演练，现已开展正常应急值守。

据悉，宜港拖2036轮总功率约1837.5千瓦，具备静水拖带万吨级船队的能力，由交通部明星船长、宜昌市劳动模范李华带队，曾多次实施两坝间海事救助任务，其中两起被选入海事救助案例。多年来，由三峡海事局进行业务管理和技术指导、长江电力出资委托宜昌港务集团有限责任公司实施的海事救助模式被逐步固化，施救船舶多达20余艘，避免了多起船舶失控撞坝、沉没等事故的发生及由此带来的巨大损失，在为大坝安全及电力生产保驾护航的同时，维护了两坝间正常通航秩序，充分履行了企业的社会责任，成为内河海事救助的典范。

（原载《中国三峡工程报》2016年6月29日2版）

全力防汛抗洪　确保安全生产

——三峡集团湖北能源有序应对持续降雨天气

《中国三峡工程报》通讯员　彭俊

近期，湖北出现大面积持续强降雨天气，多条河流出现超警戒水位，泥石流、山体滑坡等灾害隐患突出，防汛抗洪、抢险救灾工作形势严峻。

6月28日，三峡集团湖北能源紧急召开水电水情会商及防汛调度专题视频会议，再发动员令，要求务必从严从实做好当前防汛度汛工作，在保障大坝水库和人民生命财产安全的前提下，抢占发电时机，提前消落水位，充分发挥防洪兴利效益，确保万无一失。

这是入汛以来湖北能源召开的第5次防汛专题会。此前，湖北能源认真贯彻落实湖北省委省政府和三峡集团部署要求，下发度汛方案等4个专题防汛文件，全面加强应对极端天气和地质灾害安全专项检查，加强对火电厂、水电站、风电场、在建项目的防洪度汛安全检查，健全上下贯通、指挥顺畅、运转高效的组织领导体系，逐级落实工作责任，全面做好思想准备、物资准备、应急准备。

湖北能源各基层企业密切关注流域汛情，积极应对洪涝灾害，第一时间启动应急预案，加强24小时值班值守和巡查排查，充实应急物资，严阵以待、严防死守，开展抗洪抢险自救，保障电力安全生产和人民群众生命财产安全。

6月30日至7月1日，湖北省多地出现入汛以来最强降雨。清江梯级水库水位再次迅猛上涨，隔河岩水库于1日10时超汛限水位。7月2日16时，为保全湖北防汛大局，保证清江流域自身安全，根据湖北省防汛抗旱指挥部调度指令，隔河岩水库短时、小流量开闸泄洪，历时19小时25分钟，最大下泄流量每秒425立方米。这是继2008年以来隔河岩电站首次提闸。在保证防汛安全的同时，清江梯级电厂日发电量屡创历史新高。截至7月8日零时，清江梯级电厂累计发电59.49亿千瓦时，为历史同期最好水平。

7月2日晚10时许，鄂州发电公司抽调一支50余人的抢险小分队，紧急支援鄂州市华容区蒲团乡武四湖抢险筑堤。抢险队员与地方军民一道铲沙石、扛沙袋，几乎变成泥人。最终，大家合力制服洪魔，保障了蒲团乡6个村庄、上千亩田地，以及周边五个乡镇数万居民的人身财产安全，共同书写抗洪抢险企地情。目前，该公司已成立应急抢险指挥小组和以共产党员、共青团员为主力的防汛抢险救援队伍，"三班倒"随时待命，在保障后勤服务、厂区生产和建设安全的基础上，全力做好防汛抢险救灾工作。

7月5日晚至6日，特大暴雨一夜之间袭扰荆楚大地。黄冈城区雨水排向土司港，水位漫过港堤，涌向黄州分输站，场站周边积水快速上涨，周围的鱼塘全部被淹没，连通成一片湖面。0.6米，0.5米，0.35米……水面距离场站平台越来越近。当班场站值班员紧急清理各项防汛装备，装填沙袋封堵场站前后两个出口，24小时轮流值守，直到场站周边最高水位退去。

6日，武汉渍涝严重，形势危急，东湖燃机公司和光谷热力公司生产生活受到影响。受湖北能源董事长肖宏江委托，湖北能源总经理邓玉敏乘船涉水急赴上述两家单位查看防汛排涝情况，慰问抢险一线员工。

险情最严峻的汤逊湖水位暴涨，导致东湖燃机公司取水泵房平均进水约 50 厘米，水位淹至变压器台下 10 厘米处，机组面临停机危险。该公司干群一心坚守泵房，用应急沙袋封堵取水管道排水口阻止湖水倒灌，同时封堵泵房值班室大门阻止湖水涌入，并紧急加装 5 台潜水泵不间断抽排，全力保障机组安全和东湖开发区热力供应。

强降雨还直接导致光谷热力公司开发区部分供热管道被淹，致 4 条管线被迫停运，130 家用户受此影响无法供汽。针对汛情，光谷热力公司采取应急措施，在确保员工及公司财产安全的条件下，待渍水消退之后第一时间恢复供汽。

7 月 1 日，新能源公司麻城风电场场站低洼地带出现严重积水。当值人员迅速用沙袋对紧邻山坡道路进行封堵，避免山上雨水直接流入场区，同时将场站排水井盖全部打开，对场区排水系统进行疏通，及时消除积水隐患。在多处电力和通讯设施被冲毁、风电场备用电源停电、网络中断的紧急情况下，为保证数据信息及时传送，大家将个人手机作为网络热点，保证临时办公和数据传输。

7 月 3 日的强降雨导致恩施洞坪水库水位快速上涨，距离汛限水位 490 米高程仅约 1 米。基于对相关区域内水情、雨情的综合研判，宣恩

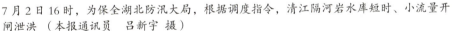

7 月 2 日 16 时，为保全湖北防汛大局，根据调度指令，清江隔河岩水库短时、小流量开闸泄洪（本报通讯员　吕新宇　摄）

县防汛办下达调度指令，洞坪水库小流量泄洪近40小时，以确保地方河道行洪、黄河沟防洪工程、教育城建设工程施工安全。这是恩施州今年汛期最后一个泄洪的水电站，也是该电站建成投产以来第二次泄洪。

6月24日晚，芭蕉河一、二级水库水位距离汛限水位仅约1.45米，气象预报发布50毫米以上的暴雨黄色预警。芭蕉河水电公司启动防汛应急预案，紧急部署二座水库开闸泄洪。为确保周围群众安全，该公司值班人员不顾沿途落石滑坡危险，坚持来回向周围群众喊话，告知水库将要开闸泄洪，提醒群众不要惊慌，注意安全。

7月1日7时许，锁金山电业公司龚家坪水库水位涨至1255米，逼近汛限水位。该公司接指令打开2号溢洪道闸门开始泄洪，20厘米、35厘米、61厘米……水库水位不降反涨。在先后三次提升闸门高度，历经36小时35分泄洪后，水位回落至1253米，随即关闭溢洪道闸门停止泄洪，有效保护了该地下游居民的人身安全，减少了农田受灾面积和其他损失。

6月23日晚，房县地区东部迎来强降雨。房县水电公司厂房山体雨水形成瀑布，厂房交通洞门口由于地形原因有大量雨水倾注，排水沟被雨水注满不能顺畅引排，情况十分紧急。该公司突击抢险队立即响应，仅用5分钟时间，用沙袋封堵阻隔进厂交通洞，并对阻隔点进行不间断蹲守观察。

6月28日，溇水水电公司在江坪河电站开展防汛应急实战演练。通过《江坪河水电站2016年度防汛应急预案》三级响应，同时部署技术保障、疏散救护、安全警戒、信息保障、安全监测、后勤保障等工作，提升电站防汛应急的组织协调和指挥水平，确保电站所有工程建设项目安全度汛。

风雨同舟、众志成城。连日来，湖北能源各基层企业和在建项目组织有序、积极行动、措施得力，在最短的时间内投入到防汛抗洪抢险当中，广大干部员工表现出敢打硬仗、勇于奉献的顽强作风，最大限度地减少了灾害损失。截至目前，湖北能源安全生产保持稳定，机组和设备正平稳度汛。

（原载《中国三峡工程报》2016年7月16日3版）

周密部署　有序应对

卢纯、王琳检查指导三峡枢纽防洪度汛工作

强调：再动员 再部署 再检查 再落实 确保三峡枢纽安全度汛

《中国三峡工程报》记者　刘蒙胜

　　本报讯　5月20日，三峡集团董事长、党组书记卢纯和总经理王琳专程赴三峡工地调研，检查指导三峡枢纽防洪度汛工作，并对防洪度汛工作再动员、再部署、再检查、再落实。

　　卢纯主持召开三峡枢纽防洪度汛专题会议。他首先听取了三峡枢纽管理局、长江电力、三峡旅游公司等在宜单位的汇报，充分肯定了各单位近期防洪度汛准备工作。卢纯指出，各单位按照集团公司党组要求和防汛专题会议部署，积极行动、认真落实，开展了大量卓有成效的工作，体现了三峡集团是一个讲政治、讲规矩、讲安全的企业。

　　卢纯指出，三峡工程的首要任务是防洪，在长江防洪体系中发挥着不可替代的作用。金沙江下游向家坝、溪洛渡已经建成投产，要确保两座电站的防汛措施准备到位。乌东德已经全面开工，白鹤滩正在筹备核准，要做好建设工地各项设施、设备和人员的安全。卢纯强调，此次对三峡集团公司防洪度汛工作再动员、再部署、再检查、再落实，其目的是在集团范围内进一步强化防洪度汛安全意识，克服麻痹思想，研究完

5月20日，卢纯主持召开三峡枢纽防洪度汛专题会议 （本报特约记者　郑斌　摄）

善、暴雨、泥石流、地震等重大灾害的安全防范措施和应急处置预案，特别是要针对多种重大灾害并发的极端情况做好应对准备。

卢纯强调，当前，要进一步查找防洪度汛工作中存在的安全隐患和盲点，逐项整改到位。要针对汛期各种可能情况制定详细周密、完整适用的应急处置预案。要全面做好发电设备、防洪设施、运输设备等的安全检查和维护保养，同时要做好防汛物资供应保障。各单位要落实防汛安全责任制，将防洪度汛安全责任分解落实到每一片区域、每一项工作、每一名员工，强化24小时值班制，领导带头值班。要扎实做好集团公司各工地员工、驻勤武警部队和施工单位生活营地的隐患排查和安全防范，确保全体人员生命财产安全。

卢纯要求，各专业化公司要根据自身业务特点，找准防汛重点区域、重点工作、重点环节，确保防汛工作的针对性、有效性，做好防大汛、防大灾、抢急险的各项应急预案，同时要切实做好供水、供电保障工作，防止工地大面积停水停电。

王琳带队现场查看了三峡左岸厂房、升船机、双线五级船闸、右岸地下厂房等部位，对三峡工程防洪度汛工作自查整改情况进行了检查。王琳强调，要进一步强化安全意识和责任意识。进一步完善防汛度汛方案预案，尤其加强重点部位、重要设施的防范应对措施。要把各项工作任务细化落实到具体责任单位、责任人。加强各方协作，扎实有力有效做好防洪度汛和汛期安全生产工作。

三峡集团办公厅、在宜单位相关负责人参加防洪度汛专题会议和三峡工程防洪度汛工作检查。

（原载《中国三峡工程报》2016 年 5 月 25 日 1 版）

卢纯再赴三峡指导检查防洪度汛工作

充分发挥三峡工程防洪效益是三峡集团最大的责任

《中国三峡工程报》记者　谢泽

　　本报讯　继 5 月 20 日实地指导检查三峡枢纽防洪度汛工作后，6 月 22 日，三峡集团董事长、党组书记卢纯再次来到三峡工地，指导检查枢纽防洪度汛工作。卢纯指出，确保三峡工程防洪效益充分发挥，是三峡集团最大的政治、最大的大局和最大的责任。三峡集团党组成员、副总经理张诚随同指导检查。

　　在三峡工程防洪度汛现场办公会上，卢纯听取了三峡枢纽管理局、长江电力、旅游公司等单位的汇报，对各单位认真做好防汛工作给予充分肯定。卢纯对当前做好三峡工程防洪度汛工作提出明确要求。他指出，防洪是三峡工程第一位的任务，防洪是三峡工程最大的功能、最大的目标和最大的效益，防洪也是三峡集团面临的最大挑战。三峡工程的防洪受到全国乃至全世界的密切关注，充分发挥三峡工程的防洪效益，是三峡集团最大的政治、最大的大局和最大的责任。三峡工程是党和人民交给三峡集团经营管理的重要国有资产，防洪务必服从国家大局，服从国家调度。

卢纯强调，三峡集团在枢纽防洪度汛方面积累了丰富的技术、规范和经验水平。但千万不能因此而出现麻痹松劲的思想，要增强紧迫感和责任感，把可能面临的形势考虑得更严重、更困难、更复杂，要对汛期各种可能出现的紧急情况和大洪水与各种次生灾害产生叠加效应等极端情况有充分的准备和预案。要在服从国家防洪调度、保证安全的前提下，利用好洪水资源，适时开展生态调度、泥沙调度、综合调度等试验。从汛期开始，要对每一场洪水进行精准调度和研究，为防汛部门优化枢纽汛期调度运行提供科学依据。要在坚持汛期24小时值班制度的同时，加强对重点时段、重点地域的现场巡查值班，及时消除隐患。

张诚表示，防洪效益是三峡工程最大的效益，事关下游人民的生命

6月22日，三峡集团董事长、党组书记卢纯再次来到三峡工地，指导检查枢纽防洪度汛工作　（本报首席记者　孙荣刚　摄）

财产安全。我们不但要对随时可能到来的大洪峰保持警惕，同时要做好与洪水打持久战的准备。要运用我们在科学、技术和经验上的充分储备，提高枢纽调度运行水平，应对上下游可能同时出现大洪水的不利情况，为长江中下游尤其是荆江河段行洪安全作出重要贡献。

三峡集团总经理助理、枢纽管理局局长张曙光，长江电力总经理张定明，集团公司办公厅、枢纽管理局、长江电力、机电工程局、出版传媒公司、旅游公司等单位负责人参加现场办公会议。

（原载《中国三峡工程报》2016 年 6 月 25 日 1 版）

卢纯赴三峡工程指导检查防洪度汛工作

三峡工程成功应对今年长江 1 号洪水
防大汛思想仍不能松懈

《中国三峡工程报》记者　谢泽

本报讯　50000 立方米每秒的今年长江第 1 号洪水刚过境三峡，7 月 4 日上午，三峡集团董事长、党组书记卢纯再次来到三峡工地，指导检查三峡枢纽防洪度汛工作。这是今年汛期卢纯董事长第三次赴三峡工程现场指导检查防汛工作，三峡集团副总经理张诚陪同检查。卢纯强调，防大汛的思想不能松懈，要通过精确预报天气水情，科学调度枢纽运行，确保长江中下游尤其是荆江河段行洪安全。

在三峡工程防洪度汛现场办公会上，卢纯听取了三峡枢纽管理局、长江电力等单位关于今年长江第 1 号洪水应对和未来水雨情形势研判等情况的汇报，对各单位近期防洪防灾工作给予充分肯定，并向战斗在防洪一线的工作人员表示感谢和敬意。卢纯表示，三峡工程成功应对今年长江第 1 号洪水，得益于三峡集团全体员工在思想上对防洪工作的高度重视，得益于枢纽运行生产相关单位对天气水情的精确预报和对枢纽运行的科学调度，得益于枢纽运行生产相关单位与防总、电网积极、密切

的沟通协调、联络会商。通过科学调度，三峡工程主动对上游来水进行有效错峰，在长江中下游流域普降暴雨的情况下，极大减轻了下游地区防洪压力。相关部门、单位要认真总结这些在应对今年长江第1号洪水中形成的成功经验，保持高度警惕，更加主动、科学地应对更大洪水的考验。

卢纯强调，当前三峡集团防汛工作要立足防全流域大汛、防特大洪水、防极端天气情况叠加影响，思想千万不可松弛，决不可掉以轻心，要有充分准备措施和科学预案。今年汛期以来长江流域的天气和水情特征与1998年汛期高度相似，反常的天气情况极有可能打破长江洪水过去的经验规律。此外，汛期极端天气对电力生产和外送都会产生不利影响。各相关单位要高度重视今年防汛工作面临的严峻形势，认真贯彻调度新规程，精确预报上下游天气水情，全力做好"一场洪水一分析、一

7月1日，长江1号洪水通过三峡枢纽 （本报特约记者 刘华 摄）

场洪水一会商、一场洪水一调度"的工作，为防汛部门优化枢纽汛期调度运行提供科学依据。要确保电力生产设施安全、稳定运行，关注汛期电网外送问题。要在严格执行防总调令、确保防洪绝对安全的前提下，通过精确预报、科学调度，综合利用好水资源，为国家多做贡献。

张诚表示，基于对天气水情的精确预报，三峡工程调度运行相关单位与防总、电网共同努力，成功应对了今年长江第 1 号洪水。相关单位还需继续加强天气水情预报工作，综合考虑台风对梅雨季的影响、其他水库调度对三峡工程防洪调度的影响，以及极端天气对电力外送、消纳的影响等各种复杂因素，认真做好防汛工作。

三峡集团总经理助理、三峡枢纽管理局局长张曙光，长江电力总经理张定明，三峡集团办公厅、枢纽管理局、长江电力、机电工程局等单位负责人参加现场办公会议。

（原载《中国三峡工程报》2016 年 7 月 6 日 1 版）

卢纯赴长江委会商三峡防汛工作

《中国三峡工程报》记者 韩承臻

本报讯 7月5日，三峡集团董事长、党组书记卢纯到长江委与长江委主任刘雅鸣座谈会商长江三峡防汛有关工作。三峡集团副总经理张诚，总会计师杨亚，长江委副主任马建华、魏山忠，长江勘测设计研究院院长、中国工程院院士钮新强等出席活动。

谈到今年长江防汛工作，卢纯指出，预报显示，今年长江发生全流域大洪水的可能性较大。三峡集团立足于防大汛、防全流域洪水、防极端天气叠加影响，开展了扎实有效的备汛工作。防洪是三峡工程的首要任务。三峡集团坚决服从国家防总、长江防总的调度，为确保中下游人民安全度汛贡献力量。同时，希望长江委加大支持指导力度，在确保防洪安全的前提下，帮助三峡集团进一步做好长江洪水的精准预报、科学调度等工作，发挥好三峡工程的综合效益。

刘雅鸣指出，三峡工程在长江流域防洪体系中发挥着骨干作用。本轮洪峰中三峡工程对洪水的拦蓄，有效缓解了下游的防洪压力，创造出非常显著的巨大效益。长江委将与三峡集团密切配合，精准预报雨情水情，优化防洪调度，确保长江安稳度汛。

　　7月1日14时，今年"长江1号"洪峰在长江上游形成，三峡入库流量达50000立方米每秒，为减轻下游地区防洪压力，按照长江防总的调度指令，三峡集团坚决贯彻，科学调度，将三峡水库下泄流量控制在31000立方米每秒，三峡枢纽削减洪峰19000立方米每秒，削峰率达38%，极大缓解了长江中下游严峻的防洪压力。截至7月6日上午8点，受连日暴雨影响，长江中下游干流全线超警戒水位。为减轻长江中下游防洪压力，长江委对三峡水库下达调度令，从7月6日9时起，减少出库下泄流量，从原来的31000立方米每秒，减少至25000立方米每秒。

（原载《中国三峡工程报》2016年7月9日1版）

王琳检查指导三峡区域防汛工作

《中国三峡工程报》记者　刘蒙胜　韩承臻

本报讯　5月13日，三峡集团总经理王琳到宜昌调研，检查指导三峡区域防汛工作，并召开专题会议。三峡集团副总经理张诚陪同检查。

会议主要落实5月9号卢纯董事长在办公例会上的要求，以及5月10号全集团的灾害防治专题会议精神，检查三峡区域防灾防汛工作再检查再落实的情况。会上，三峡集团质量安全部汇报了近两天对三峡区域防汛防灾的检查情况。

王琳就三峡区域今年的防汛防灾工作提出三点要求。一是高度警醒，全面落实防汛防灾的责任。要充分认识到防汛防灾工作的严峻性、复杂性与艰巨性，按照集团公司的统一部署，对防汛防灾工作再部署再检查，全面落实防汛防灾责任，全力抓好防汛工作。二是精益求精，全面落实防汛防灾的措施。各单位要以高度负责的态度，认真落实整改质安部通报的问题，举一反三，充分分析管理区域内的风险，全面做好再检查再落实的工作，落实各项防汛防灾措施。三是精细筹划，全面做好应急管理处置。各单位要切实加强与国土、气象有关单位的协调，建立信息共享与联合机制，加强应急培训与演练，确保生命财产安全。

王琳表示，三峡区域的度汛安全是集团公司的首要任务，各单位要充分认识到汛期安全的重要性、艰巨性、复杂性、反复性，以精益求精的精神，如履薄冰的态度，全力以赴的勇气，再总结再部署再检查，全力抓好防洪防汛工作，抓好汛期安全生产。

张诚说，有关单位要认真研究落实王琳总经理对三峡区域备汛的要求，立即整改质安部在现场检查发现的问题。对于防汛防灾工作，张诚提出三个"到位"，一是会议精神要传递到位，各单位、部门要及时传递国家、部委、集团有关防汛工作精神与要求；二是安全整改要到位，各单位、部门对于检查发现的问题要高度重视，对问题的整改要有紧迫感，要立行立改；三是应急预案准备与演练要到位，通过各种演练检查相关预案的完备性与可行性。各单位要根据集团公司防洪度汛的统一工作方案，结合自身工作实际，再整改再部署再检查再落实。

三峡集团办公厅、枢纽局、质量安全部，长江电力、旅游公司等部门单位参加会议，湖北能源通过视频参加会议。

（原载《中国三峡工程报》2016 年 5 月 18 日 1 版）

王琳到湖北能源调研

《中国三峡工程报》记者　韩承臻

本报讯　8月8日，三峡集团党组副书记、总经理王琳赴湖北能源集团调研，听取工作汇报，安排部署防洪度汛等工作。三峡集团党组成员、总会计师杨亚陪同调研。

调研过程中，王琳详细询问了湖北能源今年以来安全生产、经营管理情况和参与清江流域防洪救灾工作情况。王琳对湖北能源今年以来安全生产和经营管理取得的各项成绩给予充分肯定。王琳指出，今年极端天气频繁出现，自6月18日以来，湖北省经历了6轮特大暴雨，暴雨持续时间长，影响区域广，受灾人数多，经济损失大，为历年来罕见。在大灾大难面前，湖北能源按照集团公司的统一部署，积极主动科学组织防洪救灾工作，水布垭水电站成功拦蓄投产以来最大洪峰，极大减轻了清江下游防洪压力。在防洪救灾工作中，领导干部靠前指挥，广大党员和各级党组织发挥了先锋模范作用，全体干部职工不惧艰辛，迎难而上，表现出了可贵的敬业奉献精神，汛后要认真总结，大力宣传这些先进事迹。

王琳强调，防汛责任重于泰山，目前抗洪形势依然严峻，湖北能源全体干部职工不能有丝毫麻痹懈怠。要进一步增强责任意识，精心调度、充分发挥清江流域梯级电站防洪作用，着力建立流域管理长效机制，有力有序有效地继续做好防汛救灾工作。要认真总结前一阶段防汛工作经验，为提高集团公司流域防灾减灾、应急处置工作水平作出贡献。

杨亚对湖北能源防洪度汛、抗灾减灾、生产经营等工作提出了指导意见。

湖北能源董事长、党委书记肖宏江，湖北能源总经理邓玉敏汇报了今年以来湖北能源生产经营情况和防洪救灾工作情况，以及下半年主要工作计划。

三峡集团总经理助理、三峡枢纽管理局局长张曙光，长江电力总经理张定明，办公厅、质量安全部、公益基金会相关负责人，湖北能源领导班子成员参加调研。

（原载《中国三峡工程报》2016 年 8 月 13 日 1 版）

张诚检查指导三峡－葛洲坝枢纽防汛工作

落实防汛精神　做好防大汛准备

《中国三峡工程报》记者　刘蒙胜

本报讯　5月11日，三峡集团副总经理张诚到宜昌现场检查指导三峡－葛洲坝枢纽防洪度汛工作。

张诚此行重点检查枢纽各防汛重点部位的防汛物资准备、防汛预案准备情况，检查相关单位、部门对国家防总、国资委、能源局、三峡集团等有关今年防汛会议、文件精神的传达、学习与落实情况。张诚要求，各单位、部门要切实加强防汛思想意识，做好防大汛准备。

在葛洲坝枢纽，张诚一行先后检查了二江中控室、拦污栅、大江中控室、紫阳水厂、泄洪闸中控室等防汛重点部位及葛洲坝电站应急电源启用情况。在三峡枢纽，张诚一行对陈家冲变电站、三峡枢纽水厂、正在检修的十九号机组、右岸中控室等部位进行重点检查。张诚每到一处，都仔细检查询问防汛预案、应急预案准备及学习落实情况。张诚说，根据防汛要求，相关单位、部门要进一步学习、落实上级有关防汛工作的精神指示，加强对运行人员的安全培训，加强安全防范意识，做好防汛应急工作。要在以往汛期安全事故的基础上，吸取教训，提高思想认识，做好防范措施，防止出现新的安全问题。

张诚要求，要切实做好汛期电器设备的防雷防电工作，做好危化品的保护工作。对于发现的问题要及时落实整改，不留后患。值长要切实担负起防汛一线责任人职责，各班值、各部门、各单位要畅通联络，加强与上级调度的沟通，全力以赴做好今年的防汛工作。

三峡集团总经理助理、枢纽管理局局长张曙光，安全质量总监胡斌，长江电力副总经理关杰林等相关人员陪同检查。

（原载《中国三峡工程报》2016 年 5 月 18 日 2 版）

张诚与长江防总座谈研究防汛工作

确保长江防洪安全　发挥枢纽综合效益

《中国三峡工程报》通讯员　陈炎山　代慧涛

　　本报讯　6月2日上午，三峡集团副总经理张诚一行在武汉与长江委副主任、长江防汛抗旱总指挥部秘书长魏山忠等负责同志举行座谈，双方深入研究了今年的防汛形势，就贯彻落实国家防总批准的三峡 — 葛洲坝梯级枢纽工程汛期运用方案、充分发挥巨型水电工程的防洪效益、确保长江防洪安全等形成共识。

　　张诚表示，三峡集团始终将防洪放在首位。针对今年严峻的防汛形势，三峡集团立足防大汛、抗大洪、抢大险、救大灾，主要领导多次到梯级枢纽现场检查备汛工作，强化责任落实，截至目前各项备汛工作全部到位，所属长江流域各防洪骨干工程已提前消落，腾出库容应对可能发生的洪水，汛期三峡集团将严格执行长江防总的调度指令，确保安全度汛万无一失。对于后续工作，张诚建议，一是贯彻落实习总书记关于生态优先、绿色发展，保护长江母亲河的重要讲话精神，择机安排生态调度，促进长江鱼类繁殖；二是加强流域梯级枢纽的联合调度，更好地发挥流域梯级枢纽的整体防洪效益；三是践行创新发展理念，继续探索开展中小洪水调度，提高水资源的利用效率；四是防汛和蓄水相结合，提前研究确保流域梯级水库蓄水成功。

魏山忠表示，张诚一行在长江主汛期到来之际前往沟通研究防汛工作很及时和必要。今年受超强厄尔尼诺现象影响，流域来水明显偏多，防汛形势严峻。希望双方一如既往地密切配合，加强预测预报，细化枢纽调度运行方案，充分发挥巨型水电工程的防洪功能，共同确保长江防洪安全；在确保防洪安全的前提下做好兴利工作，发挥枢纽的综合效益，优化利用长江水资源，为国家稳增长做贡献。

长江电力总经理张定明，三峡集团枢纽管理局、长江电力以及长江防总办公室、水文局等相关负责人参加座谈。

（原载《中国三峡工程报》2016 年 6 月 8 日 2 版）

张诚主持召开三峡集团水情气象会商视频会

《中国三峡工程报》通讯员　徐涛　苏柳

本报讯　6月30日至7月1日，长上干、嘉陵江、乌江及三峡区间先后出现大到暴雨，三峡入库流量快速上涨。据长江电力梯调中心预报，7月1日三峡水库将会迎来2016年入汛以来首场超50000立方米每秒的大洪水。

面对严峻的防汛形势，7月1日上午，三峡集团副总经理张诚主持召开了水情气象会商视频会议。三峡集团总经理助理兼三峡枢纽建设运行管理局局长张曙光、副局长胡兴娥，长江电力副总经理李平诗、梯调中心主任赵云发等相关领导和人员参加了此次水情气象会商。张诚听取了梯调中心就气象实况、后期天气形势预测、三峡水库入库流量过程以及后期调度方案的汇报，要求三峡枢纽建设运行管理局和长江电力在保证安全度汛的前提下，精心开展梯级联合调度，充分利用近期洪水资源，努力发挥流域梯级枢纽综合效益。

（原载《中国三峡工程报》2016年7月6日2版）

张诚指导三峡工程防汛抗灾工作

落实本质安全措施　防范自然灾害发生

《中国三峡工程报》记者　刘蒙胜　谢泽

　　本报讯　7月7日至9日，三峡区域遭遇强降雨，造成三峡专用公路部分边坡、茅坪溪箱涵入口护坡、九畹溪景区发生垮塌等地质灾害。7月13日至14日，三峡集团副总经理张诚专程赶赴宜昌，现场查勘因灾受损情况，指导防汛抗灾工作。张诚表示，要高度重视暴雨、山洪等自然灾害对生产经营区域的影响，采取本质安全措施并落实到位。

　　张诚说，三峡区域本次暴雨对坝区对外交通、茅坪溪护坡、九畹溪景区运营等方面造成了一定影响，相关责任单位处置及时，措施得当，未出现人员伤亡事件。张诚要求，一要高度重视在建和运行电站遭受自然灾害的风险，建立责任明确、协调迅速、管理到位的防范处置山洪等自然灾害的机制，进一步完善自然灾害上报、定损、处理规定；二要及时检查清理受损区域，抢修受灾设施，尽快恢复正常运行；并检查可能受损区域，加强可能受灾区域的警示，建立与地方水利、水务、气象等部门的联动机制；三要规范完善预警告知、预案启动机制，及时通知受影响的相关部门和单位；四要进一步分析自然灾害发生原因，采取应对

措施；五要提高思想警惕，积极防范自然灾害，对可能遭受山洪灾害的区域要切实采取防范措施，提前转移人员、设施，加强现场人员防灾避险意识；六要加强专用公路保通能力研究，做好抢险救灾设备的准备，确保关键时刻能够及时抢修。

三峡集团总经理助理、枢纽管理局局长张曙光表示，汛期要加强与红线外有关方的沟通，加强对可能受灾区域的警示，和对可能发生的地质灾害的预报，同时要切实做好自保工作。

三峡集团安全质量总监、质量安全部主任胡斌视频参加会议，他表示，要根据现场情况对排水设施、边坡防护等进行再检查，对应急物资、装备、人员再排查再分析，切实做好信息保通工作。

三峡集团质量安全部、枢纽管理局、长江电力、旅游公司等部门和单位的相关负责人参加会议。

（原载《中国三峡工程报》2016 年 7 月 16 日 2 版）

杨亚赴高坝洲实地指导

清江梯级电站抗洪抢险取得阶段性胜利

《中国三峡工程报》记者　谢泽

通讯员　金文霞

　　本报讯　8月18日，在清江高坝洲水电站坝前清漂抢险取得阶段性胜利的关键时刻，三峡集团党组成员、总会计师杨亚在湖北能源总经理邓玉敏的陪同下，赴高坝洲实地指导抗洪抢险工作。

　　当日下午，杨亚一行顶着烈日，来到高坝洲水电站坝顶和坝前右岸水域察看清漂打捞现场，了解清漂工作实况。在随后召开的座谈会上，湖北能源和清江公司主要负责同志汇报了清江流域三座梯级电站（水布垭、隔河岩、高坝洲）抗洪抢险进展情况，以及下一步重点实施的各项工作。

　　杨亚充分肯定高坝洲及整个清江流域梯级电站应对洪水所开展的抗洪抢险工作。他表示，清江公司通过此项工作所展示出来的凝聚力、向心力、战斗力，是"两学一做"最为鲜活的例子。他强调，当前越是接近胜利，越是不能掉以轻心。他要求清江公司要对此次抗洪抢险工作做好总结：第一，今年清江流域洪水规模与1969年大水相似。1969年大

水严重损毁长阳、宜都两座县城，造成严重人员伤亡。今年洪水虽然流量更大，却没有造成城市被淹、人员伤亡的严重后果，充分彰显了清江流域三座梯级电站的防洪效益，要对两次灾情进行比较，对清江梯级电站发挥的防洪作用予以总结；第二，在此次抗洪抢险工作中，清江公司充分发挥党组织战斗堡垒作用，领导身体力行、职工积极请战，快速取得了抗洪抢险的决定性胜利。要对在抗洪抢险中体现出的清江公司的优秀企业文化和良好员工素质予以总结、表彰。

杨亚还对湖北能源和清江公司的生产经营工作进行了指导。长江电力、湖北能源的有关负责人陪同考察并参加座谈。

（原载《中国三峡工程报》2016 年 8 月 24 日 2 版）

防特大洪水　保长江安澜
筑牢长江防洪度汛的安全屏障

——三峡集团 2016 年防洪度汛工作纪实（一）

《中国三峡工程报》记者　唐东军

三峡集团主要领导率先垂范　多次现场检查备汛

3 月 15 日，三峡集团长江电力与长江流域各省（市）气象局、长江水利委员会水文局等单位就长江流域汛期旱涝趋势进行会商和讨论，形成长江流域汛期旱涝趋势预测初步结论。

4 月初，三峡集团编制完成并向国家防汛主管部门上报了《2016 年

三峡工程全景 （郑斌 摄）

溪洛渡、向家坝、三峡、葛洲坝梯级水库汛期调度运用方案》，提出了2016年汛期三峡集团管理的长江干流四个梯级水库联合调度应对大洪水的调度方式。与此同时，为了腾出库容以保障防洪安全，4月22日起，三峡枢纽逐步加大下泄流量。

4月29日，三峡集团组织召开了2016年防洪度汛工作会议，传达学习了国务院安委会办公室、国务院国资委近期有关汛期安全生产工作文件，以及国家防总、国家能源局有关防汛会议精神，分析研判了今年长江流域汛期水文气象预测情况及度汛形势，全面部署了三峡集团2016年防汛工作。

三峡集团主要领导率先垂范，深入防汛防灾第一线，检查备汛，靠前指挥，现场指导。5月9日，三峡集团董事长、党组书记卢纯在集团办公会上，要求党组成员和各单位高度重视今年防汛防灾工作，立即在全集团范围内就防汛防灾工作进行再动员、再部署、再检查、再完善预案，要从最不利的角度出发，防患于未然，要站在对国家、对社会、对集团负责的态度，全力做好防汛防灾工作。

5月20日，卢纯专程赴三峡坝区调研，检查指导三峡枢纽防洪度汛工作，并对防洪度汛工作再动员、再部署、再检查、再落实。卢纯主持召开三峡枢纽防洪度汛专题会议时强调，三峡工程的首要任务是防洪，在长江防洪体系中发挥着不可替代的作用。金沙江下游向家坝、溪洛渡已经建成投产，要确保两座电站的防汛措施准备到位。乌东德已经全面开工，白鹤滩正在筹备核准，要做好建设工地各项设施、设备和人员的安全。进一步强化防洪度汛安全意识，克服麻痹思想，研究完善防暴雨、泥石流、地震等重大灾害的安全防范措施和应急处置预案，特别是要针对多种重大灾害并发的极端情况做好应对准备。要进一步查找防洪度汛工作中存在的安全隐患和盲点，逐项整改到位。要将防洪度汛安全责任分解落实到每一片区域、每一项工作、每一名员工，强化24小时值班制。各专业化公司要根据自身业务特点，找准防汛重点区域、重点工作、重点环节，确保防汛工作的针对性、有效性，做好防大汛、防大灾、抢急险的各项应急预案。

4月29日，三峡集团总经理王琳在集团2016年防洪度汛工作会议上指出，各单位要充分认识到今年防汛工作的严峻性、复杂性和艰巨性，把思想和行动统一到党中央、国务院的决策部署上来。要进一步加强组织领导，根据机构调整和人员变动情况，完善责任体系，层层落实防汛责任，做到责任不留空白、无缝对接。要做好方案的制订、审批和报备，加强督促检查，全力做好2016年防洪度汛工作。

根据三峡集团党组的部署，5月6日，三峡集团总经理王琳、副总经理樊启祥赶赴向家坝工地，对向家坝电站安全生产和防洪度汛工作进行检查，并召开向家坝、溪洛渡安全度汛座谈会。5月10日，三峡集团召开汛期灾害防治专题会议，王琳要求对汛期灾害防治工作进行深入的再部署、再排查。5月13日，三峡集团总经理王琳、副总经理张诚到宜昌调研，检查指导三峡区域防汛工作，并召开专题会议。5月16日，三峡集团发出通知，要求进一步加强汛期灾害防治工作。

5月20日，王琳再次带队现场查看了三峡左岸厂房、升船机、双线五级船闸、地下电站厂房等部位，对三峡工程防洪度汛工作自查整改情况进行了检查。他强调，要进一步强化安全意识和责任意识，进一步完善防汛度汛方案预案，尤其加强重点部位、重要设施的防范应对措施。要把各项工作任务细化落实到具体责任单位、责任人。加强各方协作，扎实有力有效做好防洪度汛和汛期安全生产工作。

6月15日至16日，王琳赶赴金沙江，检查和指导了金沙江防洪度汛及移民工作，并在白鹤滩筹建工地现场主持召开专题会，对白鹤滩筹建工程、乌东德工程防洪度汛和移民工作进行了再检查、再部署和再落实。

实施干支流联合调度
层层落实责任机制

科学调度是发挥枢纽防洪减灾功能的前提和基础。早在3月2日，

长江电力即组织召开了《2016年金沙江下游－三峡梯级水库汛前联合消落方案》审查会，依据梯级水库消落原则，提出了相应对策措施。3月15日，长江电力梯调中心参加2016年长江流域汛期旱涝趋势预测会商会，与长江流域各省（市）气象局、长江水利委员会水文局等单位的气候预测技术人员，就长江流域汛期旱涝趋势进行会商和讨论，形成长江流域汛期旱涝趋势预测初步结论。

4月初，三峡集团向国家防汛主管部门提出了长江干流四个梯级水库联合调度应对大洪水的调度方式。5月16日，长江防总批复了溪洛渡、向家坝2016年汛期调度运用方案，5月30日，国家防总批复三峡、葛洲坝2016年汛期调度运用方案，为长江流域关键性骨干梯级枢纽工程主汛期科学调度提供了重要依据。此外，三峡集团战略重组湖北能源之后，为长江干流四个梯级水库与支流清江流域隔河岩、高坝洲、水布垭三座水电站实施联合调度创造了更加有利条件，实施干支流水库的联合调度，能够更有效地发挥流域梯级电站拦洪错峰的作用。

在三峡集团的统一部署和安排下，集团层层落实防汛责任制，各部门、各单位主要领导亲自抓，分管领导全力抓，进一步完善防汛工作方案、应急预案和防汛手册，对防汛组织机构建设、防汛物资储备、防汛抢险队伍建设、巡查预警人员以及避灾场所等进行了全面检查，对存在的问题及时整改落实，做到了思想到位、组织到位、人员到位、物资到位、责任到位和措施到位，建成了"组织健全、责任落实、预案实用、预警及时、响应迅速、全员参与、救援有效、保障有力"的防汛体系。

组织防汛应急演练
提升员工应急处置能力

三峡集团所属三峡枢纽管理局、三峡建设公司、长江电力、湖北能源清江公司等，纷纷组织防洪度汛检查或防汛应急演练，进一步强化了责任意识，提升了员工的应急处置能力。

3月16日至17日，白鹤滩工程建设部对白鹤滩施工区、对外交通及旱谷地专用公路等实施、运行项目进行了全面的防洪度汛、地质灾害及安全文明施工大检查，制定了整改措施，明确了责任单位、责任人和整改完成时间。

5月4日，长江电力梯调中心在"徐卫立青年创新工作室"举行了2016年汛期遭遇特大洪水应急演练，检验了水情气象人员的应急处置能力。

5月24日和26日，长江电力分别组织开展了金沙江区域溪洛渡电站及向家坝电站2016年防汛应急演练，各生产单位代表进行了交叉观摩。

6月2日，今年首场中小洪水顺利通过三峡大坝，3日上午，三峡电站2016年防汛应急演练在坝区举行，检验了三峡枢纽防汛准备情况以及各单位部门防汛协同能力。

6月14日，三峡集团在三峡大坝右坝头组织开展三峡枢纽2016年防汛应急演练，检验了三峡枢纽防汛应急指挥机构组织协调能力，强化三峡枢纽相关应急抢险救援力量快速反应、机动、救援及协同能力，确保汛期一旦发生险情，能够迅速反应、指挥顺畅、配合有力，把险情损失和影响降到最低。

这一系列的演练由多部门、多单位联合实施，增强了相互间的沟通协调和密切配合程度，确保各应急抢险队伍时刻保持战备状态，确保一旦发生突发险情或事故时，能得到及时、有力、有效处置，把损失减小到最低程度。

依靠现代高端科技
提供坚实技术支撑

三峡集团各相关部门、单位与地方政府、国土、气象、水利、安全监管等部门主动加强联系沟通，建立了信息共享与联动机制。及时掌握

上游水雨情和上游电站运行信息；充分利用先进的自动测报、预报系统及三地四方可视会商系统对未来 5 天的水情实施跟踪滚动预报，对未来 10 天的天气形势跟踪分析；对于明显的降水过程，至少提前一周进行延伸期预测，进一步提高了上游来水预报准确性。

5 月 8 日 8 时，三峡水库入库流量达到 17800 立方米每秒，创 1992 年以来即 25 年来同期最高纪录，长江电力梯调中心气象预报人员准确预报了今年首场强降水过程，为水文预报及发电计划制定提供了有力的技术支持。

6 月 2 日 14 时，三峡水库入库流量涨至 25000 立方米每秒，今年首场中小洪水顺利通过三峡大坝，三峡电站安全稳定运行。梯调中心早在 5 月下旬就预测出此次强降水过程，并成功预测流量过程，提前联系电网加大三峡出力保障三峡水库水位消落。

三峡水库水位消落至 145 米，就能腾出 221.5 亿立方米的防洪库容。从去年 12 月开始，三峡枢纽就启动了水库水位消落工作。今年一季度，三峡水库水位从 174.01 米逐步消落至 166.92 米。4 月 22 日起，三峡枢纽逐步加大下泄流量。4 月 27 日 20 时，三峡水库出库流量达到 17000 立方米每秒，为近期峰值，也创下了历史同时刻的最高纪录。4 月 22 日至 5 月 1 日，三峡水库坝上水位由 163.98 米消落至 159.66 米，消落高度达 4.32 米，平均每天消落 0.48 米。5 月 15 日，三峡水利枢纽再次大幅增加下泄，出库流量较长时间达到 22000 立方米每秒以上，再创今年以来新高，三峡水库坝上水位加速消落。至 6 月 5 日 14 时，三峡水库水位消落至 145.79 米，到达国家防汛抗旱总指挥部批准的汛期运行水位，这标志着三峡水库提前 5 天 (6 月 10 日，三峡枢纽进入汛期)，完成了汛前消落计划。水库水位累计消落 28.77 米，消落水量 213.1 亿立方米，为迎战可能到来的大洪水做好了准备。

在确保防洪安全的前提下，三峡集团切实做好电力生产工作，把安全生产、可靠生产、高效生产作为永恒的主题，努力实现发电设备的长周期、满负荷运行。5 月 10 日，三峡左岸电站 14 台机组全开发电，实现左岸电站机组今年首次全部开启。各电站贯彻落实三峡集团提质增效动员会精神，认真做好精准调度和精益运行，用好每一方水、发好每一度电，发挥枢纽的综合效益，优化利用长江水资源，为国家"稳增长"做贡献。

（原载《中国三峡工程报》2016 年 6 月 22 日 3 版）

从容应对1号洪水　助力中下游防洪抗灾

——三峡集团2016年防洪度汛工作纪实（二）

《中国三峡工程报》记者　刘蒙胜

　　进入主汛期以来，根据三峡集团党组的部署与安排，三峡集团各相关部门、单位积极行动，紧绷防汛之弦，认真做好防汛工作，加强防汛演练，落实应对洪峰措施，助力中下游防洪抗灾。

　　6月21日，三峡水库迎入梅以来首次快速上涨，入库流量首次达30000立方米每秒。6月22日，三峡集团董事长、党组书记卢纯入汛以来第二次专程来到三峡，检查指导三峡枢纽防洪度汛工作。卢纯指出防洪是三峡工程第一位的任务，防洪是三峡工程最大的功能、最大的目标和最大的效益，防洪也是三峡集团面临的最大挑战。确保三峡工程防洪效益充分发挥，是三峡集团最大的政治、最大的大局和最大的责任。卢纯强调，要增强紧迫感和责任感，把可能面临的形势考虑得更严重、更困难、更复杂，要对汛期各种可能出现的紧急情况和大洪水与各种次生灾害产生叠加效应等极端情况做足充分的准备和预案。汛期要对每一场洪水进行精准调度和研究，为防汛部门优化枢纽汛期调度运行提供科学依据。要在坚持汛期24小时值班制度的同时，加强对重点时段、重点地域的现场巡查值班，及时消除隐患。

就在此之前的 6 月 15 日至 16 日，三峡集团总经理王琳专程赴金沙江检查和指导防洪度汛工作。在金沙江下游，有三峡集团全面开工建设的乌东德工程及正在筹建中的白鹤滩工程。这两个工程的防洪度汛，是三峡集团防汛工作重点区域。王琳在白鹤滩筹建工地现场主持召开专题会，对白鹤滩筹建工程、乌东德工程防洪度汛和移民工作进行了再检查、再部署和再落实。

联合会商精准预报　支撑防洪度汛研判

汛期来临之前，三峡集团就与国土、气象、水利、安全监管、防汛等国家部委、地方政府相关部门、单位主动加强联系沟通，建立了信息共享与联动机制。

三峡集团各相关部门、单位收集、利用来自气象、水文部门的水雨情信息，就具体天气过程与湖北省气象局、长江委等单位开展联合会商，分析预报最新天气形势。同时，三峡集团在从金沙江中游到三峡坝址的干流、支流范围内建设的 600 多个水雨情遥测站，作为三峡水情遥测系统的"千里眼"和"顺风耳"，可在短时间内收集长江上游流域实时水雨情信息，经综合研判分析，提供及时、准确的气象、水文预报，目前短期预报（48 小时内）精准度达到 80%，重要天气过程能提前一周预测，为三峡工程防洪调度决策提供了有效的技术支持。

针对 6 月 18 日—20 日的降雨过程，在 6 月 16 日至 6 月 17 日，长江电力梯调中心先后组织两次水文气象远程视频会商。6 月 16 日下午，梯调中心启动宜昌、成都、重庆和武汉四地水情气象远程视频联合会商，会商的重点是短中期天气过程预报和延伸期降水趋势预测。6 月 17 日上午，梯调中心再次启动宜昌、重庆两地会商，会商重点为降水预报及流量预报。两次联合会商为准确把脉此轮降雨，确定三峡水库入库流量，制定相应枢纽度汛及发电计划奠定了基础。联合会商为气象、水文行业权威部门构建了面对面交流的平台，使得"气象预报—水文预报—电力计划制作"

三者环环相扣，助力梯级枢纽四库联调，提高水资源利用率。

6月30日，长江上游流域普降大到暴雨，三峡区间出现大暴雨，并于7月1日在长江上游形成了今年长江1号洪水。对于本次天气过程的预报，梯调中心提前一周，在6月24日预报指出6月30日，受高空槽和低涡影响，长江上游流域有中到大雨降水过程。6月26日梯调中心将30日三峡区间的这场降水规模精确到"大到暴雨"。6月29日，梯调中心预报此次洪水流量将达到50000立方米每秒。科学准确的预报，为提前制定调度方案，沟通协调有关部门，实现精细化调度赢得宝贵时间。

三峡集团高度重视此次洪水调度研判。7月1日上午，三峡集团副总经理张诚主持召开了水情气象会商视频会议，要求三峡枢纽管理局和长江电力在保证安全度汛的前提下，精心开展梯级联合调度，充分利用近期洪水资源，努力发挥流域梯级枢纽综合效益。

连续减少下泄流量　助力中下游防洪抗灾

6月下旬以来，长江上游流域发生两次大的降雨，形成了两轮洪水过程。三峡、葛洲坝、溪洛渡、向家坝四座水利枢纽，联合开展优化调度，科学实施"四库联调"，积极化解洪水。

在中下游干流监利至南京河段水位超警戒防洪压力大时，三峡水库减少出库流量，助力中下游地区防洪抗灾。金沙江下游的溪洛渡水库、向家坝水库作为长江防洪体系的重要组成部分，拥有着近70亿立方米的防洪库容，配合三峡水库，可进行上下游水库联动，实现流域梯级水库联合运用，更好地发挥水库防洪功效。

7月1日，今年长江1号洪水在长江上游形成，14时三峡水库入库流量达50000立方米每秒，为今年入汛以来最大洪峰。三峡水库严格执行长江防总调度令，积极削峰拦蓄，控制出库流量为31000立方米每秒，削减洪峰流量19000立方米每秒，削峰率达40%。截至7月3日18时，拦蓄水量约30亿立方米。此次拦蓄避免了长江上游洪水与中下游洪水叠加遭遇，有效地减轻了长江中下游防洪压力。7月6日，长江中下游汛情紧急，根据长江防总调度令三峡水库减少出库流量，以25000立方米每秒下泄。7月7日，根据长江防总安排，三峡水库再次减少出库流量至20000立方米每秒。从1日到7日累计减少下泄量11000立方米每秒，有力地支援了中下游地区的防洪抗灾。

7月6日下午，向家坝水库水位已降至防洪限制水位，腾出九亿立方米防洪库容，转入汛期调度期。

扎实落实备汛工作　全面提升应急能力

除了应对近期洪峰，进入主汛期以来，三峡集团各部门、各单位还继续开展防洪度汛应急演练，提高汛期灾害应对能力；强化汛期应对措施，全面落实备汛工作，以迎接随时可能出现的更大洪水。

6月20日，长江电力2016年汛期葛洲坝上游发电泄洪管制水域海事救助及应急值守工作正式启动，选用长江渝汉区间最大的适航拖轮宜港拖2036轮开展两坝间海事救助工作。6月21日下午，长江电力组织有关部门对宜港拖2036轮的设备设施进行了检查，开展了应急响应、消防等科目的演练，进行正常应急值守。

溪洛渡电厂高度重视防洪度汛工作，全力做好"防大汛、抗大洪、抢大险"准备。精心检修维护，确保电站设备设施处在良好状态，精心组织演练，提升了应急处置能力。

向家坝电厂全面梳理年度重点度汛项目及度汛工作范围，统筹部署年度防汛准备工作。结合实际及时调整防汛组织机构，层层落实防汛责任。深度维护电站泄洪设施，确保泄洪设施安全可靠运行。完成全部8台机组及辅助设备、输变电设备等检修工作，全力保障电站安全度汛。

6月21日，乌东德工程建设部组织参建各方开展了防洪度汛应急预案演练。演练模拟未来12小时内坝址区将发生50年一遇洪水，大坝基坑、地厂低部位洞室群现场人员及重要设备应急撤离，并在撤离过程中

启动了道路保通、伤员救治等应急处置方案。

三峡水电公司积极落实应急抢险队伍演练，完善供水安全应急预案，组织员工模拟实战，进行防汛抢险实战演练。同时做好防汛物资储备工作，随时应对突发的防汛和管道抢修任务。公司强化责任意识，强化排查整改，强化净化流程，强化水源防护，加强水质监测，采取多项措施，扎实做好了汛期安全供水工作。

这一系列演练锻炼了队伍的实战能力，提升了汛期灾害应对水平。

确保防汛安全为先　积极做好生产运营

在确保防洪安全的前提下，三峡集团切实做好电力生产工作，把安全生产、可靠生产、高效生产作为永恒的主题，确保机组设备在汛期实现长周期、不间断、满负荷运行。6月27日，三峡、葛洲坝、溪洛渡、向家坝电站顺利应对长江入汛来首次洪水，并实现82台机组首次全开，确保汛期清洁能源稳定供应。

6月26日5时45分，长江支流清江梯级电站累计发电量突破1000亿千瓦时，迈过清江发电记录上第一个"千字头"的里程碑。

三峡集团各电站认真做好精准调度和精益运行，在安全度汛的前提下，用好每一方水、发好每一度电，发挥枢纽的综合效益，为国家稳增长、调结构、促改革、惠民生再做积极贡献。

及时总结分析经验　时刻备战更大洪水

在三峡工程刚刚成功拦蓄长江1号洪水之后，7月4日上午，三峡集团董事长卢纯入汛以来第三次来到三峡，指导检查三峡枢纽防洪度汛工作。卢纯强调，防大汛的思想不能松懈，要通过精确预报天气水情，科学调度枢纽运行，确保长江中下游尤其是荆江河段行洪安全。卢纯指出，通过科学调度，三峡工程主动对上游来水进行有效错峰，在长江中下游流域普降暴雨的情况下，极大减轻了下游地区防洪压力。集团公司相关部门、单位要认真总结这些在应对今年长江第1号洪水中形成的成功经验，保持高度警惕，更加主动、科学地应对更大洪水的考验。卢纯强调，要立足防全流域大汛、防特大洪水、防极端天气情况叠加影响，要有充分准备措施和科学预案。各相关单位要高度重视今年防汛工作面临的严峻形势，认真贯彻调度新规程，精确预报上下游天气水情，全力做好"一场洪水一分析、一场洪水一会商、一场洪水一调度"的工作，为防汛部门优化枢纽汛期调度运行提供科学依据。要在严格执行防总调令、确保防洪绝对安全的前提下，通过精确预报、科学调度，综合利用好水资源，为国家多做贡献。

7月5日，正值长江中下游防汛紧张之时，卢纯再赴长江委，与长江委主任、长江防总常务副总指挥刘雅鸣座谈会商长江三峡防汛有关工作。卢纯指出，三峡集团立足于防大汛、防全流域洪水、防极端天气叠加影响，开展了扎实有效的备汛工作。防洪是三峡工程的首要任务。三峡集团坚决服从国家防总、长江防总的调度，为确保中下游人民安全度汛贡献力量。同时，希望长江委加大支持指导力度，在确保防洪安全的前提下，帮助三峡集团进一步做好长江洪水的精准预报、科学调度等工作，发挥好三峡工程的综合效益。

目前，三峡集团各部门、各单位众志成城，继续扎实落实各项防汛工作，发挥枢纽防洪功效，迎接可能出现的更大洪水。

（原载《中国三峡工程报》2016年7月9日1版）

多库联调联控共保长江
积极应对极端天气灾害

——三峡集团 2016 年防洪度汛工作纪实（三）

《中国三峡工程报》记者　刘蒙胜

在成功拦蓄 2016 年长江 1 号洪水之后，7 月 4 日，三峡集团董事长卢纯今年汛期第三次到三峡工程指导防洪度汛工作，作出重要指示安排；7 月 5 日，卢纯又赶赴武汉，与长江委共商防洪大计。按照卢纯董事长的指示精神，三峡集团各相关单位、部门服从防汛大局，振奋精神，精心部署，积极应对，严守长江"七下八上"防汛关键期。

以三峡水库为龙头包含溪洛渡、向家坝等上游已建成水利枢纽实施多库联调联控拦蓄上游洪水，有力减缓了下游的水情压力。湖北能源等单位全力应对特大暴雨极端天气灾害，取得阶段性抗洪减灾胜利。

传达会议精神　指导部署防汛措施

7 月 21 日下午，根据三峡集团党组的要求，集团公司召开防汛安全工作会议，传达贯彻习近平总书记、李克强总理关于安全生产工作、防洪度汛工作重要指示批示，以及全国安全生产电视电话会议精神，部署安排集团公司下阶段防洪度汛和安全生产工作。三峡集团总经理王琳要求各单位、各部门要守土有责、守土负责、守土尽责，坚决打赢今年的防洪度汛和安全生产攻坚战。王琳指出，当前我国已全面进入主汛期，防洪度汛到了最关键的时期，各单位要充分认识到今年防汛形势的严峻性和艰巨性、时刻保持高度警惕，一定要深入贯彻落实习近平总书记、李克强总理的指示批示精神，要按照全国电视电话会议精神，全面落实防汛责任，充分总结前段时间防汛工作经验教训，针对发现的问题及时落实整改措施、补齐短板，全力做好防汛安全工作。

三峡集团副总经理樊启祥要求，要重视各类险情、事故、事件的处理与应急处置的科学性、周密性，既要有科学的工程措施，又要有周密的管理措施，要遵从法律法规、坚持属地管理。同时，要进一步做好值班值守和信息报告工作。

三峡集团副总经理张诚指出，各单位要高度重视电力安全生产，提高发输电设备的可靠性；切实按照防范"98+"大洪水目标，校核河流、溪谷、冲沟的洪水标准，严格执行调度指令，全力做好防洪度汛工作；加强水电站安全保卫工作和电力设备网络安全管理。

7月7日至9日，三峡区域遭遇强降雨，造成三峡专用公路部分边坡、茅坪溪箱涵入口护坡、九畹溪景区发生垮塌等地质灾害。7月13日至14日，三峡集团副总经理张诚专程赶赴宜昌，现场查勘因灾受损情况，指导防汛抗灾工作。张诚表示，要高度重视暴雨、山洪等自然灾害对生产经营区域的影响，采取本质安全措施并落实到位。

多库联调联控共保长江

截至7月18日8时，经过多轮次的拦洪、削峰、错峰，三峡水库入汛以来已累计拦蓄洪水近70亿立方米，有效地支持了长江中下游的防洪抗灾。入汛以来长江中下游经历多轮次强降雨，防洪形势严峻，按照

长江防总调度令要求，三峡水库控制下泄充分利用防洪库容为长江中下游拦洪错峰。

7月1日今年长江1号洪水经过三峡，最大洪峰50000立方米每秒，三峡水库控泄31000立方米每秒，最大削峰19000立方米每秒；7月6日根据长江防总调度令，三峡出库流量从31000立方米每秒减少到25000立方米每秒；7月8日至15日，三峡水库进一步控泄至20000立方米每秒，通过连续减少出库流量，成功错峰避免了长江中游城陵矶站超保证水位，缓解长江中下游干流紧张的防洪压力。7月16日，国家防总和长江防总决定，三峡水库在保持出库流量小于入库流量继续进行控泄的前提下适当加大出库流量，7月16日14时三峡水库控泄增加至22000立方米每秒，7月17日起按日均25000立方米每秒控制下泄流量。

国家防汛抗旱总指挥部办公室7月24日通报显示，今年汛期，以三峡水库为龙头的长江干支流水库群协同作战，拦洪蓄洪、削峰错峰，实现了江湖两利、避免分洪的目标，防洪减灾效益巨大。据初步分析，6月30日以来长江上中游城陵矶以上主要水库共计拦蓄洪量227.2亿立方米，其中三峡水库拦蓄75亿立方米，向家坝水库累计拦蓄2.6亿立方米，溪洛渡水库累计拦蓄15.2亿立方米，上游其他水库合计拦蓄77.7亿立方米，清江和洞庭湖水系水库合计拦蓄56.7亿立方米。水库群拦蓄洪水分别降低荆江河段、城陵矶附近河段、武汉以下河段水位0.8米至1.7米、0.7米至1.3米、0.2米至0.4米。国家防总有关负责人表示，通过精细调度和联合调度，实现了三峡水库风险可控、洞庭湖不分洪、荆江河段不超警、长江重要堤防无溃口性险情等多重目标。

积极应对清江流域持续降雨

在多轮强降雨袭击下，三峡集团湖北能源相关生产单位所在区域多条河流出现超警戒水位，泥石流、山体滑坡等灾害隐患突出。湖北能源积极行动，强化应对措施，积极组织防洪救灾工作，确保了大坝水库、电站机组、设备设施及人民生命财产安全。

7月1日，受强降雨影响，清江梯级水库水位迅猛上涨，三峡集团湖北能源隔河岩水库于1日10时超汛限水位。7月2日16时，为保全湖北防汛大局，保证清江流域自身安全，根据湖北省防汛抗旱指挥部调度指令，隔河岩水库短时、小流量开闸泄洪，确保大坝安全。7月18日8时至20日8时，清江流域发生入汛以来最强降雨过程。7月19日18时，三峡集团湖北能源清江水布垭水库入库流量达到13100立方米每秒，为水布垭建库以来最大洪峰，达70年一遇。根据湖北省防办调度指令，水布垭水库于7月19日18时开闸泄洪，这是水布垭水库自2008年以来时隔8年首次开闸。本次洪水经水布垭拦蓄削峰后，最大出库流量按5000立方米每秒以内控制，减轻了清江下游防洪压力。

7月2日晚10时许，鄂州发电公司抽调一支50余人的抢险小分队，紧急支援鄂州市华容区蒲团乡武四湖抢险筑堤，与地方军民一道保障了蒲团乡6个村庄、上千亩田地，以及周边五个乡镇数万居民的人身财产安全，共同书写抗洪抢险企地情。

7月19日，湖北省五峰县遭遇百年一遇暴雨，大面积停电，通讯、交通中断，湖北能源锁金山电站防汛抢险和安全生产全线告急。湖北能源积极应对，启动应急预案，保人身、保大坝、保设备、保发电，全员行动，打赢了此次防汛救灾战。

在此番多轮强降雨中，湖北能源东湖燃机公司和光谷热力公司等单位积极组织生产自救，采取应急措施，在确保自身安全的情况下，全力保障相关区域的供热供汽，支持区域恢复生产。麻城风电场、恩施洞坪水库、芭蕉河一、二级水库、房县水电公司三里坪水库、漤水水电公司江坪河电站等单位积极应对灾害，确保电站设备设施安全度汛。

相关单位严守阵地处理各类雨情险情

7月8日凌晨，三峡专用公路发生山洪、边坡垮塌险情。三峡枢纽

管理局迅速启动应急预案，组织相关单位赶赴现场，经6小时奋战，成功处置本次险情，恢复交通。本次应急处置，共历时近6个小时，从接到预警信息，到应急准备、应急响应和应急处置，枢纽管理局和各有关单位反应迅速、组织有力、处置得当，成功应对了本次突发自然灾害险情。

7月8日凌晨，宜昌市强降雨导致下牢溪码头游船失控漂流，其中有数艘旅游船已漂流至距葛洲坝三江防淤堤约200米的江面。长江电力立即启动两坝间海事救助应急预案，会同海事部门迅速反应并实施紧急救援，受托值守的"宜港拖2036"大马力拖轮会同在事发水域执勤的海事部门船只共同组织开展救援工作，成功化解了一起失控船舶撞击葛洲坝的险情。

7月9日凌晨3时至5时，夷陵区遭受特大暴雨袭击，引发三斗坪镇泥石流滑坡，造成人员伤亡和财产损失。接到宜昌市防汛指挥部请求支队派兵增援，武警宜昌支队三峡坝区特勤大队先后出动113名兵力、9台车辆、携带抢险救援器材113件（套），完成夷陵区三斗坪镇泥石流滑坡抢险救援任务。

7月6日，受强降雨影响，作为云南省永善县连接重庆、成都方向的重要交通生命线的溪洛渡施工区对外专用公路多段严重山体滑坡，其中K53段最大的一块落石800余吨。长江三峡实业有限公司溪洛渡分公司通过与建设部和政府相关部门积极沟通，在各地方政府的大力支持下开展道路抢通工作，披星戴月赶进度全力以赴保畅通，经过5天的艰苦奋战，顺利完成溪洛渡专用公路暴雨后道路保通任务。

及时客观报道三峡工程防洪功效

在积极开展防洪度汛工作的同时，三峡集团扎实做好舆论宣传引导工作。在集团党组的统一部署下，宣传与品牌部、出版传媒公司早策划、早部署、早行动，全面做好三峡工程防洪度汛专题采访报道及媒体接待工作。

　　入汛以来，新华社、中新社，央视新闻栏目、央视《经济半小时》、香港卫视《中国大坝》、湖北广播电视台，澎湃新闻，法国、捷克等国家有关电视台到三峡工程进行实地采访。新华社、人民日报、央视新闻、中国新闻网等多家主流媒体就三峡工程成功拦蓄长江 1 号洪水减轻下游防汛压力、持续减少出库流量助力下游防洪抗灾、三峡工程累计拦蓄洪水 70 亿立方米、三峡水库等上游多库联动联调发挥巨大防洪功效等方面进行集中报道三峡工程防洪实效。中国青年报《四问三峡大坝》、光明日报《六问三峡与防洪》等文章澄清质疑，详细解读三峡巨大的防洪效益。

　　在集团公司层面，通过《中国三峡工程报》、三峡集团官方网站《三峡小微》等自有媒体，并适时向主流媒体推送，及时客观宣传三峡工程拦蓄洪水，助力下游抗灾的作为与担当，引导社会全面、深刻认识三峡工程防洪功效。

　　正如 7 月 14 日国家防总评价，"三峡工程越到关键时刻越能体现作用"，国家防总、水利部通报指出，"如果没有以三峡工程为龙头的水库群拦蓄，长江中下游干流荆江河段将全线超警，以三峡为龙头的水库群在长江防洪中发挥了巨大的效用。"

　　目前，长江流域进入"七下八上"的关键时期，长江中下游水情回落，但暴雨正在往我国西南地区转移，长江上游出现洪峰可能性增大。在这场持续的防洪攻坚战中，三峡集团依然上下一心，丝毫没有松懈。

（原载《中国三峡工程报》2016 年 7 月 30 日 1 版）

努力实现洪水资源化　助力三峡集团保增长

——三峡集团 2016 年防洪度汛工作纪实（四）

《中国三峡工程报》记者　韩承臻

8月1日，捷报传来！

国家防总宣布长江中下游干流及洞庭湖、鄱阳湖水位已全线降至警戒水位以下，长江防汛抗洪工作取得阶段性胜利。水库群联调联控在此次长江防汛抗洪工作中效果显著。三峡水库较规定日期提前5天降至汛限水位，以三峡工程为骨干的长江上中游30余座大型水库协同联调，共拦蓄洪水227亿立方米，避免了荆江河段超警和城陵矶地区分洪。

本阶段防汛工作中，三峡集团密切关注雨情水情，科学调度梯级水库，将肆虐的滔滔洪水化作清洁电能，实现了变水害为水利的壮举。为迎峰度夏、"G20杭州峰会"供电保障等贡献了三峡力量。

三峡电站安全可靠稳定运行

三峡工程是长江干流防洪的关键所在。入汛以来，三峡电站一肩挑起防洪度汛和迎峰度夏两个重担，三峡人不畏困难、科学应对，取得防洪和发电的"双胜利"。

截至8月8日12时，三峡电站总出力2000万千瓦累计运行672小时，2250万千瓦累计运行211小时，继此前平稳削弱"长江一号"等数次洪峰后，三峡电站源源不断为广东、上海等南方区域输送优质的三峡电能。

不困在于早虑。7月以来，三峡电厂全体员工严格落实大坝泄水建筑物及发供电设备的防护措施，同时增加巡检频次，及时发现并消除设备隐患，确保电站机组设备安全、可靠、稳定运行。

面对全厂满发机组，三峡电厂周密部署，各部门严格执行《三峡电站2250万千瓦长周期运行控制措施实施细则》所规定的各项措施，增加设备的巡检频次，加强运行诊断和设备的分析评估。运行人员责任到位、巡检到位、测量数据到点，在各种极端天气下开展巡检和测量工作；维护人员针对管辖设备的巡检频次由每周一次提高到每天一次，巡检后及时进行数据分析，对处于"临界值"的运行参数，积极采取相应的应对措施。全体员工不畏高温，不惧风暴，给予机组最细心的呵护，最大程度地保障机组和线路的安全运行。

6月初，三峡电厂开展了"电源电站黑启动"等项目的应急预案演练，随后，组织全厂员工反复学习各种预案，确保"预案清晰、演练到位、心中有数、组织有序、处置有力"。应急维护抢险人员比平时增加一倍，全天24小时随时待命。同时，三峡电厂也做好了整个电站在突发事件时各个孔洞的封堵准备，包括人员分工、工具材料、封堵方案等，确保电站安全运行万无一失。

梯级电站群日发电量突破十亿千瓦时

进入汛期以来，三峡集团长江电力以单场次洪水为对象开展中小洪水资源化利用，建立科学的预测预报模型，不断提升梯级水库精确调度水平，充分发挥梯级电站综合效益。

7月22日至31日，溪洛渡、向家坝、三峡、葛洲坝四座梯级电站连续十天日发电量超10亿千瓦时。其中，7月26日梯级电站发电量打破日发电量记录，达到10.43亿千瓦时。

8月8日上午8时15分，溪洛渡水电站机组总出力达到1260万千瓦，实现2016年首次满发。溪洛渡水电站18台机组全部并网运行，运行工况良好。

洪水可以转化为资源，汛期正是电力生产的高峰期。三峡集团各电力生产单位抓住发电生产黄金时期全力以赴多发电，深化精益生产管理，确保机组安全、稳定、高效运行；同时，建立健全与国家电网、南方电网及长江防总的防汛、发电多方协调机制，扎实做好市场营销工作，争取电量足额消纳。

清江梯级电厂发电创纪录

7月，清江遭遇特大洪水，3座水库面临建库以来首次一条线泄洪，又应对艰巨的清漂抢险工作。但清江三座电站精心管理，保持机组长周期大负荷、满负荷运行。

截至7月31日24时，三峡集团湖北能源清江公司三座梯级电厂月发电合计23.13亿千瓦时，刷新本年度6月创造的15.17亿千瓦时月发电纪录。

其中，水布垭电厂月累计发电12.55亿千瓦时，刷新2014年9月创造的8.02亿千瓦时纪录；隔河岩电厂月累计发电8.88亿千瓦时，刷新1996年7月创造的7.09亿千瓦时纪录。到7月19日，清江梯级电厂发电69亿千瓦时，提前完成全年发电目标。

为确保机组安全运行，清江公司各电厂纷纷亮出绝招：运用"互联网+"创新思维，监视运行状况，分析健康状态，比较性能趋势，把隐患消灭在萌芽时期；对重点部位进行加密巡检，密切监视设备运行状况，收集数据进行设备状态分析，确保设备安全可控；减少值守和操作班休息时间，增加倒班频次；加装冷却器水喷淋装置，使得主变压器温度明显下降。这些工作方法和技术创新为 7 月发电创纪录奠定了基础。

确保"G20 杭州峰会"电力供应

二十国集团（G20）领导人第十一次峰会即将在中国杭州召开。为加强"G20 杭州峰会"的电力保障工作，根据三峡集团统一部署，三峡梯调中心制定了《梯调中心 2016 年"G20 杭州峰会"期间保电工作方案》，成立了"G20 峰会保电工作"领导小组，并分阶段对梯调中心保电工作进行了布置和安排。

8 月 10 日，三峡梯调中心"G20 峰会保电工作"领导小组对中心重点生产区域、调度及安全管理工作等进行了专项检查。重点排查调度大厅、自动化及通信机房等区域重要生产设备运行状况及维护情况；针对电力二次系统和信息系统的安全防护管理等进行了检查；要求生产管理部、水资源利用预报部进一步加强水雨情预测预报，与防汛抗旱部门、电网调度、电能交易等部门密切联系和沟通协调，在"G20 杭州峰会"保电期间合理安排电站运行方式，加强信息传递，及时通报电网检修等相关信息，保证充足的备用容量。

（原载《中国三峡工程报》2016 年 8 月 24 日 1 版）

防洪与蓄水双兼顾 防汛和抗旱两手抓

——三峡集团 2016 年防洪度汛工作纪实（五）

《中国三峡工程报》记者 刘蒙胜

随着长江 7、8 月主汛期的结束，长江流域前一阶段防汛抗洪抢险已经取得了决定性胜利。在前一阶段的抗洪抢险中，三峡工程发挥了巨大的作用，以三峡工程为龙头的长江干支流水库群联调联控，共拦蓄洪水 227 亿立方米，实现了江湖两利、避免了荆江河段超警的目标，效果显著。

进入汛末，随着长江流域防汛形势的变化，三峡集团积极贯彻落实国家防总、长江防总的指示精神，坚持防汛抗旱两手抓，统筹后汛期用水需求，深入分析水库来水、蓄水和用水的情况，逐步由防洪调度为主转向防洪调度与蓄水调度兼顾，在确保防洪安全的前提下，于 9 月 10 日启动三峡水库 2016 年度蓄水，全力做好蓄水保水抗旱工作。

积极开启 2016 年蓄水抗旱工作

8 月 31 日，国家防汛抗旱总指挥部正式下达《关于三峡水库 2016

年试验性蓄水实施计划的批复》，三峡水库将于9月10日承接前期水位开始蓄水。9月10日零时，三峡水库正式启动2016年175米试验性蓄水，出库流量按10000立方米每秒，起蓄水位约145.96米。这是三峡水库开展175米试验性蓄水的第9年。

8月31日，长江防总正式批复了《溪洛渡、向家坝水库2016年联合蓄水方案》，溪洛渡水库和向家坝水库将分别从9月1日和5日承接前期水位进行蓄水。根据批复，9月1日，溪洛渡水库正式启动2016年蓄水，这是溪洛渡水库600米蓄水的第3年，截至9月10日8时已蓄水至579.63米。9月5日，向家坝水库正式启动2016年蓄水，这是向家坝水库380米蓄水的第4年，截至9月10日8时已蓄水至374.79米。

按照《清江水布垭、隔河岩、高坝洲梯级水库调度规程》及《省水利厅关于清江水布垭、隔河岩、高坝洲梯级水库调度规程的批复》，8月26日起，三峡集团湖北能源清江水布垭、隔河岩、高坝洲梯级水库启动

9月2日下午4时，溪洛渡水电站库水位568.5米 （本报特约记者 王连生 摄）

蓄水工作。

截至 9 月 12 日 8 时，溪洛渡库水位 585.02 米，累计水位升幅 18.27 米，离 600 米正常蓄水位还差 14.98 米；向家坝库水位 374.76 米，累计水位升幅 1.84 米，离 380 米正常蓄水位还差 5.24 米；三峡库水位 148.33 米，累计水位升幅 2.37 米，离 175 米正常蓄水位还差 26.67 米。清江水布垭库水位 379.15 米，距离 400 米正常蓄水位差 20.85 米，隔河岩库水位 193.88 米，距离 200 米正常蓄水位差 6.12 米，高坝洲库水位 78.73 米，距离 80 米正常蓄水位差 1.27 米。

多举措确保蓄水成功

今年 7 月下旬以来，长江流域大部分地区持续高温少雨，受其影响，重庆、江西等省市部分地区出现不同程度旱情，生产生活用水矛盾初现。国家防总、长江防总要求，要坚持防汛抗旱两手抓，统筹后汛期用水需求，深入分析水库来水、蓄水和用水的情况，逐步由防洪调度为主转向防洪调度与蓄水调度兼顾，在确保防洪安全的前提下，分阶段分步骤地安排好蓄水保水工作。

三峡集团高度重视蓄水工作，积极拟定水库蓄水实施计划、精细化联合调度方案上报国家防总、长江防总，并得到及时批复。针对长江上游来水减少，当前水库蓄水任务艰巨等情况，三峡集团紧紧抓住蓄水保水工作不放松，坚持"安全、科学、稳妥、渐进"的原则，采取多项措施，确保年度蓄水工作圆满完成。

长江电力梯调中心密切关注长江流域的水情气象形势以及上游水库的蓄水计划，充分利用自动测报、预报系统及三地四方可视会商系统，加强上游来水的监测、预报工作，做好来水预报，加强与电网和上游水库的联系，发挥梯级水库的联合调度优势，优化发电与蓄水安排，合理安排蓄水进度，在保证防洪安全、库岸稳定、航运安全的前提下，助力完成今年蓄水任务。

三峡水库由于今年8月至9月上旬来水较往年偏枯，特别是9月上旬来水创历史同期新低，水库未实现提前抬升水位，起蓄水位较往年偏低较多。面对蓄水的严峻形势，三峡梯调中心加强雨水情的滚动预测预报，持续更新蓄水实施方案，加强同长江防总和电网的沟通协调，为蓄水争取最大的政策支持，确保防洪、供水安全和试验性蓄水的顺利实施，在优先保障顺利实现今年蓄水目标的同时，实现水资源的高效利用。

向家坝电厂在做好全电站机组安全稳定运行工作的同时，重点加强对电站泄洪设施、灌排廊道等重点部位的巡检力度及巡检频次，及时排除安全隐患；重点监视机组进水口拦污栅、机组冷却水管等设备设施运行情况，及时调整机组运行工况，合理利用水资源；精确操作泄洪中、表孔设备，做好设备设施运行参数的收集及分析工作，加强信息沟通及信息报送，确保水位安全平稳蓄至预期目标。

8月份以来，清江流域来水明显偏少，旱情较重。清江公司梯调中心积极与电网沟通，申请减少梯级水电厂日发电计划，以最小开机方式运行。合理安排发电计划与检修计划，避免出现因梯级电厂电量不匹配导致的弃水风险，使发电工况和水耗、水位控制达到最优。同时做好准备迎接随时可能出现的秋汛，抓住有利时机抬升梯级水库水位，做好清江梯级后期水库、发电调度。

目前，三峡集团正按照批复的蓄水方案有序蓄水，为后续的抗旱补水做着充分的准备。

（原载《中国三峡工程报》2016年9月14日2版）

责任担当　精心应对
全面打赢防洪度汛攻坚战

——三峡集团 2016 年防洪度汛工作纪实（六）

《中国三峡工程报》记者　刘蒙胜

随着长江汛期进入尾声，三峡集团 2016 年防洪度汛工作由防洪调度为主转向防洪调度与蓄水调度兼顾，防洪度汛取得决定性胜利。

回顾整个 2016 年防汛工作，从 4 月初三峡集团编制完成并向国家防汛主管部门上报了《2016 年溪洛渡、向家坝、三峡、葛洲坝梯级水库汛期调度运用方案》，提出 2016 年汛期三峡集团管理的长江干流四个梯级水库联合调度应对大洪水的调度方式，到 9 月 10 日三峡水库开始新一轮蓄水，三峡集团提前部署，精心准备，全力应对，通过削峰蓄洪控泄，助力长江中下游防洪抗灾工作，体现了三峡工程作为长江防汛关键性骨干工程的责任担当与巨大作用。同时通过精细调度，精打细算用好每一方水，发好每一度电，为共和国稳增长作出重要贡献。

未雨绸缪话防汛　精心部署筑防线

2016 年，受超强厄尔尼诺现象影响，根据种种迹象，有关部门预测长江流域可能出现"98+"大洪水，防汛形势严峻。

面对可能出现的大洪水，三峡集团未雨绸缪，全面部署，精心准备，上下团结一心，誓将打赢这场防洪度汛攻坚战。

三峡集团党组高度重视度汛工作，4月29日，召开专题会议全面部署防汛工作。汛期，三峡集团董事长卢纯三次到三峡工程现场指导防洪度汛工作，强调防大汛思想不能松懈，要求"一场洪水一分析、一场洪水一会商、一场洪水一调度"，充分发挥三峡工程防洪功效，确保长江中下游安全。总经理王琳先后多次到三峡工程、金沙江区域指导防汛工作，要求全面落实防汛防灾责任，确保人民群众生命财产安全。

在此期间，三峡集团副总经理毕亚雄到白鹤滩等建工地，樊启祥到金沙江区域、长龙山抽水蓄能项目，张诚多次到三峡工程检查指导部署防汛工作。

在三峡集团党组的高度重视与领导下，三峡集团各部门各单位积极响应，依据自身实际情况，制定相关防汛措施，做到守土有责、守土尽责。三峡枢纽管理局、长江电力、三峡建设管理公司、三峡集团湖北能源等相关单位积极行动，认真组织备汛工作。进一步强化安全度汛思想认知，切实开展防汛检查工作，严格落实应急预案准备情况，组织开展各类相关演习，以演练模拟实战，提升员工应急处置能力。通过不断强化思想防汛、制度防汛两条线，切实筑牢安全度汛屏障。

6月5日，三峡水库水位较规定日期提前5天降至汛限水位，腾出防洪库容，迎接可能出现的大洪水。

削峰蓄洪责任担当　助力下游防汛抗灾

6、7月份，多轮次强降雨袭击长江中下游流域，引发严重洪涝灾害。三峡集团责任担当，将防洪度汛工作摆在首要位置，充分发挥三峡工程削峰错峰蓄洪功效，减少下泄流量，助力长江中下游区域防汛抗灾。

7月1日，今年长江1号洪水在长江上游形成，最大入库流量达50000立方米每秒，为今年汛期最大洪峰。三峡水库严格执行长江防总调度令，积极削峰拦蓄，控制出库流量为31000立方米每秒，削减洪峰流量19000立方米每秒。此次拦蓄避免了长江上游洪水与中下游洪水叠加遭遇，有效地减轻了长江中下游防洪压力。7月6日，长江中下游汛情紧急，三峡水库减少出库流量，以25000立方米每秒下泄。7月7日，三峡水库再次减少出库流量至20000立方米每秒，通过连续减少出库流量，成功错峰避免了长江中游城陵矶站超保证水位，缓解长江中下游干流紧张的防洪压力。

国家防总7月24日通报显示，今年汛期，以三峡水库为龙头的长江干支流水库群协同作战，拦洪蓄洪、削峰错峰，实现了江湖两利、避免了荆江河段超警的目标，防洪减灾效益巨大。据初步分析，6月30日以来长江上中游城陵矶以上主要水库共计拦蓄洪量227.2亿立方米，其中三峡水库拦蓄75亿立方米，向家坝水库累计拦蓄2.6亿立方米，溪洛渡水库累计拦蓄15.2亿立方米。8月1日，国家防总宣布，长江中下游干流及洞庭湖、鄱阳湖水位已全线降至警戒水位以下，长江防汛抗洪工作取得阶段性胜利。以三峡工程为龙头的长江干支流水库群联调联控，在此次长江防汛抗洪工作中效果显著。

精打细算利用水资源　迎峰度夏贡献"三峡电"

在确保防洪安全的前提下，三峡集团切实做好电力生产工作，通过梯级水库科学精细调度，化洪水为电能。三峡集团各电站精准调度、精益运行，在安全度汛的前提下，安全生产、可靠生产、高效生产，充分发挥枢纽的综合效益，为国家稳增长、调结构、促改革、惠民生再做积极贡献。

入汛以来，三峡集团长江电力以单场次洪水为对象开展中小洪水资源化利用，建立科学的预测预报模型，不断提升梯级水库精确调度水平，充分发挥梯级电站综合效益。6 月 27 日，三峡、葛洲坝、溪洛渡、向家坝电站顺利应对长江入汛来首次洪水，并实现 82 台机组首次全开。

7 月 22 日至 31 日，溪洛渡、向家坝、三峡、葛洲坝四座梯级电站连续十天日发电量超 10 亿千瓦时。其中，7 月 26 日梯级电站发电量打破日发电量记录，达到 10.43 亿千瓦时。8 月 8 日上午 8 时 15 分，溪洛渡水电站机组总出力达到 1260 万千瓦，实现 2016 年首次满发。截至 8 月 8 日 12 时，三峡电站总出力 2000 万千瓦累计运行 672 小时，总出力 2250 万千瓦累计运行 211 小时，为广东、上海等南方区域经济发展源源不断地供应着优质三峡电能。

三峡集团清江水布垭、隔河岩、高坝洲三座梯级电站精心管理，抢抓来水偏丰的有利时机，精细调度努力多发电。6 月 26 日 5 时 45 分，清江梯级电站累计发电量突破 1000 亿千瓦时，迈过清江发电记录上第一个"千字头"的里程碑。此后，清江梯级电站不断刷新日发电记录、月发电记录。截至 7 月 19 日，清江梯级电站发电 69 亿千瓦时，提前完成全年发电目标。

恰逢二十国集团（G20）领导人第十一次峰会于 9 月 4 至 5 日在杭州召开。三峡集团统一部署，三峡梯调中心制定了《梯调中心 2016 年"G20 杭州峰会"期间保电工作方案》，加强与国调中心和长江防总的沟通协调，优化安排短期调度计划，为会议的顺利召开贡献"三峡电"。

积极启动蓄水工作　确保补水供水安全

进入汛末，随着长江流域防汛形势的变化，三峡集团积极贯彻落实国家防总、长江防总的指示精神，坚持防汛抗旱两手抓，统筹后汛期用水需求，深入分析水库来水、蓄水和用水的情况，逐步由防洪调度为主转向防洪调度与蓄水调度兼顾，在确保防洪安全的前提下，于 9 月 10 日启动三峡水库 2016 年度蓄水，全力做好蓄水保水抗旱工作。

根据国家防总、长江防总有关批复，溪洛渡水库、向家坝水库、三峡水库分别于 9 月 1 日、5 日、10 日承接前期水位开始蓄水。8 月 26 日起,三峡集团湖北能源清江水布垭、隔河岩、高坝洲梯级水库启动蓄水工作。

三峡集团高度重视蓄水工作。针对长江上游来水减少,当前水库蓄水任务艰巨等情况,紧紧抓住蓄水保水工作不放松,坚持"安全、科学、稳妥、渐进"的原则,加强信息报送,落实各项预案,确保防洪、供水安全和试验性蓄水的顺利实施,充分发挥三峡工程的综合效益。

长江电力梯调中心密切关注长江流域的水情气象形势及上游水库的蓄水计划,充分利用自动测报、预报系统及三地四方可视会商系统,加强上游来水的监测、预报工作,加强与电网和上游水库的联系,发挥梯级水库的联合调度优势,优化发电与蓄水安排,合理安排蓄水进度,在保证防洪安全、库岸稳定、航运安全的前提下,助力完成今年蓄水任务。三峡水库、向家坝水库、溪洛渡水库、清江梯级水库根据实际情况采取多项措施,确保蓄水圆满完成。

截至 9 月 23 日 8 时,溪洛渡库水位 597.76 米,离 600 米正常蓄水位还差 2.24 米;向家坝库水位 378.74 米,离 380 米正常蓄水位还差 1.26 米;三峡库水位 154.02 米,离 175 米正常蓄水位还差 20.98 米。清江水布垭库水位 378.18 米,距离 400 米正常蓄水位差 21.82 米,隔河岩库水位 194.57 米,距离 200 米正常蓄水位差 5.43 米,高坝洲库水位 78.93 米,距离 80 米正常蓄水位差 1.07 米。

结语:在此次防洪度汛攻坚战中,三峡集团以最充分之准备,行最大之努力,特别是在长江中下游遭遇严峻灾情时的系列举动,体现了一个负责任央企的风范。在确保安全度汛的前提下,精细调度,实现洪水资源化,为国家稳增长、调结构贡献清洁优质"三峡电"。在汛末随着防汛形势的变化,又积极有序启动蓄水工作,为枯水期下游补水抗旱做着充分准备,体现了三峡集团的社会担当。

(原载《中国三峡工程报》2016 年 9 月 24 日 1 版)

抗洪抢险　全力以赴 ├────

铸坚强堡垒 迎防汛"大考"

长江电力全面打响防洪度汛攻坚战

陈雍容　董　琳　邢　晶
张吉娇　胡　培　王云帆　撰文

2016 年是超强厄尔尼诺现象次年。根据气象水文部门预测，今年汛期，长江流域发生大洪水的可能性很大，防汛形势极为严峻。

进入汛期，溪洛渡电厂本着"精细管理、精益运行"的原则，对重点设备加大巡检和排查力度，随时掌握设备运行状况，真正做到隐患早消除、安全无死角、运行有保障。图为溪洛渡电站厂房内景　（本报通讯员　苏宇　摄）

——中国三峡集团2016年防洪度汛纪实

6月3日上午，三峡电站2016年防汛应急综合演练在坝区举行 （本报通讯员　杨文　摄）

作为长江流域防洪体系关键性骨干水利枢纽工程——三峡、葛洲坝、溪洛渡、向家坝电站的运行管理者长江电力以对党和国家高度负责的态度，谨记责任，狠抓落实，在思想和行动上筑起坚强屏障，层层落实防汛责任，全力以赴做好防洪度汛工作，确保长江中下游人民群众生命财产安全和清洁能源稳定供应。

未雨绸缪，全面部署
筑好"安全堤"

长江电力把安全生产、可靠生产、高效生产作为永恒的主题。面对今年严峻的防汛形势和艰巨的防汛任务，长江电力充分领会落实好国家、三峡集团防汛抗旱工作会议精神，清醒认识复杂天气形势，立足于防大汛、抢大险、救大灾，早部署、早安排、早发动、早准备，以高度的责任感和紧迫感，克服任何侥幸、麻痹思想，扎扎实实、一丝不苟做好防洪度汛各项准备工作。

为进一步完善防汛管理机制，早在今年4月初，长江电力就提早调整了防汛领导小组，成立防洪度汛领导小组，公司总经理张定明担任组长。领导小组下设办公室和调度指挥部，统一部署、协调、检查和指挥防洪度汛工作，从早从实做好防汛工作。长江电力本着对防汛工作实行统一指挥，分级、分部门管理的机制，加强组织领导，完善防汛组织体系，进一步建立健全防洪度汛组织机构，各单位结合自身实际成立度汛领导小组，全面部署备汛工作，统一指挥防洪度汛工作，确保工作责任层层落实。

今年5月底前，三峡电厂、葛洲坝电厂、检修厂、三峡梯调中心、溪洛渡电厂、向家坝电厂等单位先后召开了防洪度汛动员部署工作会，对防汛工作进行全体动员和全面部署，进一步强化安全防范意识，号召员工时刻紧绷防洪度汛弦，全力以赴做好防洪度汛工作。

与此同时，长江电力提前筹划，积极准备，于4月初编制完成了溪

6月1日，长江电力正式启动汛期值班制。当日19时40分，全国劳动模范、三峡电厂党委书记李志祥来到左岸电站中控室，仔细询问运行当班值，了解三峡水消落情况（本报通讯员　王广浩　摄）

葛洲坝电厂应急演练人员合上应急电源出线开关 （本报通讯员　谭芹　摄）

洛渡、向家坝、三峡、葛洲坝四座大型水库的汛期调度运用方案。5月份，相关方案分别得到国家防总和长江防总作出的批复，明确了防洪任务、防洪标准、防洪限制水位、调度方式以及调度权限，为长江流域关键性骨干梯级枢纽工程2016年主汛期科学调度提供了技术保障和重要遵循，做到了未雨绸缪、有备而来，掌握防洪度汛主动权，为确保长江中下游人民群众生命、财产安全筑好堡垒。

细化责任，强化落实
砌好"安全墙"

随着备汛工作进入攻坚阶段，长江电力进一步增强防汛工作红线意识、忧患意识、风险意识和责任意识，切实把防汛工作做实做细，确保防汛措施、责任、资金、时限和预案"五到位"。

机组设备的安全稳定运行是汛期安全生产工作的基本保障。早在去年 11 月，长江电力就启动了流域检修工作，对梯级电站所有设备设施进行了全面检查、升级和改造。历经 6 个月的攻坚奋战，长江电力优质、高效地完成了发电设备、泄洪设备设施、排水系统、厂用电系统等设备设施的检修工作，以及防雷设施检测，并下达了厂用电汛期运行方式，三峡、葛洲坝、溪洛渡、向家坝梯级电站机组和相关设备在汛前已全部完成"体检"，保证以良好的状态迎接防汛"大考"。同时，针对今年长江流域入汛早、汛情急的严峻形势，长江电力已组织好防汛抢险应急队伍和物资，进一步加强对重点部位的隐患排查工作和修复力度，对防洪度汛情况进行实时监测，确保各项工作落实到位；根植"预则立，不预则废"思想，认真实施覆盖公司各区域、多层面的防汛检查和应急演练工作，并组织好应急抢险突击力量，充实到各区域防汛重点部位，做到"预案清晰、演练到位、心中有数、组织有序、处置有力"，为防汛工作打下坚实基础。

准确的水文和气象预报信息是做好防汛备汛工作的基础。早在汛期来临之前，三峡梯调中心水文预报工作人员就完成了《三峡水库来水分析与预报》方案的编制和上报工作，所有水文预报方案程序均在 4 月底以前具备运行条件。气象预报也较往年提前。今年 4 月初，三峡梯调中心就开始提供上游流域降水预报。溪洛渡、向家坝、三峡三座水库按计划有序消落。调度人员加强与上级调度部门、长江电力相关生产单位的协调和沟通，及时通知水库来水情况，实时跟踪厂站设备运行状态和三峡电网的运行情况，掌握电网运行规律和三峡－向家坝梯级水库的运行特性，科学合理地安排运行方式，在保证防洪、航运安全的前提下，努力做到经济、优质运行。目前，溪洛渡、向家坝、三峡三座水库正按计划有序消落，6 月 10 日，三峡水库将消落至防汛限制水位 145 米，已全面做好迎接大洪水的准备。

长江电力高度重视防汛专项检查督导工作，今年 4 月底，进行了一次全公司范围的备汛情况检查工作，5 月中旬开展了防汛减灾专项检查工作。长江电力总经理张定明、党委书记陈国庆带队，先后赴金沙江区

谢进（左）是三峡电厂2015年新入厂员工。在长江边长大、亲历"98洪水"的他，回想起母亲昔日深夜离家、彻夜未眠坚守荆江大堤的情景，越发感觉肩上责任之重。他表示，为了万家灯火、一方平安，将牢记防汛责任与使命，为三峡工程"科学抵御洪水，发挥防洪效益"贡献力量

域和三峡－葛洲坝区域检查防汛减灾工作落实情况，结合应急演练工作，层层落实防汛责任。通过检查、督导、整改、练兵等工作，提升了防洪度汛整体能力，确保一切准备到位。各单位积极整改、持续落实，结合电站防汛工作实际，开展全方位、多层次的防汛防灾工作检查，重点检查了防汛组织体系及责任制落实情况，防汛物资准备及后勤保障情况，防汛应急体系及应急预案制定、演练、培训以及与相关单位协调联动情况，隐患排查治理及风险管控情况等，做到早发现，早治理，确保不留死角、不留隐患。

厉兵秣马，全力以赴
严守"安全区"

6月1日，长江电力正式启动汛期值班制。各单位、各部门全面落实防洪度汛责任制，牢记防洪标准、防汛责任、防汛纪律，确保防洪度

汛安全责任分解落实到每一片区域、每一项工作、每一名员工。

进入汛期，长江电力上下各就各位、各司其职、随时待命，迎接防汛大考。水情调度人员严格执行长江防总调度令，每日发布水情、气象实况和预报信息，汛期定期发布汛情通报，每天向国家防总和长江防总报送三峡-葛洲坝梯级枢纽四段四次实况信息和入库流量预报信息；电站运行人员严格落实调度指令，准确无误地操作机组和泄洪设施，发挥电站拦洪错峰效益，同时加强设备、设施巡检，特别加强灾害性天气下对相关设备的检查，保证机电设备的安全运行；维护人员及时消除所辖设备的缺陷，确保设备可靠运行，并认真落实《应急物资仓库管理规定》，管理好应急仓库和防汛物资；生技、安监、综合职能部门人员加强防洪度汛技术支持和外部协调工作、现场安全检查工作以及后勤保障和宣传工作……

"为长江提供防洪保障"是梯级枢纽的神圣职责，"为社会奉献清洁能源"是长江电力的光荣使命。三峡、葛洲坝、溪洛渡、向家坝四座电站拥有巨大发电能力，是全国各行各业电力需求的"粮草库"。长江电力在全力以赴保障电站安全度汛的基础上，不忘圆满完成年度发电任务重任，凝聚共识，齐心协力、精益运行、精心维护，将今年防汛新的认识转换为新的动力，将长江严峻的防洪形势转换为安全生产多发电的优势，努力实现发电设备长周期、满负荷运行，充分发挥梯级电站的综合效益，为央企提质增效贡献力量，促进国家稳增长、调结构、促改革、惠民生。

防洪度汛的号角已经吹响，长江电力将团结一致、严阵以待，以高度的责任感和使命感，严格落实国务院和三峡集团各项要求和部署，打好防汛攻坚战，众志成城保安澜，确保大汛大水无大灾，为设备设施稳定运行，梯级电站安全度汛构筑坚强保障。

（原载《中国三峡工程报》2016 年 6 月 18 日 4 版）

三峡工程积极应对入汛以来最大洪水

三峡电站机组实现今年首次全开并网发电

《中国三峡工程报》通讯员　郭晓　陈雍容　王锦瑞

本报讯　受近期强降雨影响，长江上游来水持续增加，长江今年入汛以来最大洪水于 6 月 26 日经过三峡大坝，三峡电站 34 台机组（含 2

三峡电站机组全开并网发电期间，长江电力运行人员对运行设备进行巡回检查（本报通讯员　王广浩　摄）

台 5 万千瓦电源电站机组）今年首次全开并网发电，充分发挥了三峡枢纽的防洪、发电综合效益。

6 月 26 日，三峡电站迎来今年入汛以来首场超过机组满发流量的洪峰，流量一度达到 35000 立方米每秒。按照长江防总第 14 号调度令要求，三峡电站增开机组，加大下泄流量，有效消落上游水位、腾出防洪库容、削弱本轮洪峰。三峡电站所有机组全开并网发电，总出力 2017 万千瓦，最高负荷达到 2082 万千瓦。

为保障三峡电站机组安全稳定运行，长江电力精确调度、精益运行、精心维护，实时跟踪厂站设备运行状态，积极与相关方沟通交流，科学合理安排运行方式，实施《三峡电站大负荷长周期运行控制措施实施细则》，加强对设备巡检的频次，运用 TN8000 振摆监测系统、红外测温及噪音仪等监视机组运行工况，及时发现问题并解决问题，确保机组设备以最佳状态投入运行；严守纪律、加强值守，值班人员采取"冗余值班"模式，加倍留守值班人员，护航设备设施汛期安全运行。

（原载《中国三峡工程报》2016 年 6 月 29 日 1 版）

三峡工程成功拦蓄长江 1 号洪水

《中国三峡工程报》记者　刘蒙胜

通讯员　陈忠贤　鲍正风

　　本报讯　6 月 30 日，长江上游流域普降大到暴雨，三峡区间发生大暴雨。7 月 1 号在长江上游形成 2016 年长江第 1 号洪水。受其影响三峡水库迎来今年首次洪峰 50000 立方米每秒洪水。按长江防总的统筹安排，三峡工程按 31000 立方米每秒控制下泄，最大削峰 19000 立方米每秒，削减洪峰 40%，截至 7 月 3 日 18 时，已拦蓄水量约 30 亿立方米。此次拦蓄避免了长江上游洪水与中下游洪水叠加遭遇，有效地减轻了长江中下游防洪压力。

　　据中国气象局消息，6 月 30 日以来，湖北、安徽、江苏等长江中下游地区遭遇持续强降雨，多地日降雨量突破历史极值。经综合评估，此次降雨过程为入汛以来长江中下游地区最强降雨过程。此次强降雨覆盖了四川、重庆、湖南、湖北、陕西、河南、安徽等 15 个省（区、市）。湖北、安徽、河南、江苏、浙江等省有 91 条河流发生超警戒水位洪水，28 条河流发生超保证水位洪水。7 月 3 日 3 时，长江下游干流大通站水位超警，长江第 2 号洪水形成。太湖水位 3 日超过保证水位 4.65 米，并继续缓涨；

淮河上中游干流近日可能发生超过警戒水位的洪水，防汛形势严峻。

据中国气象局预报，7月5日起，江汉东部、江淮的降水将逐渐减弱，强降雨区逐渐北抬至黄淮中南部至江淮北部、江汉、西南地区东部等地。

（原载《中国三峡工程报》2016年7月6日1版）

细说"长江 1 号洪水"

《中国三峡工程报》记者 刘蒙胜

特约记者 邢晶

6月30日，长江上游流域普降大到暴雨，三峡区间发生大暴雨，受其影响，三峡水库迎来今年入汛以来最大洪水，洪峰流量达 50000 立方米每秒。三峡枢纽充分发挥防洪功效，削减洪峰 40%，截至 7 月 3 日 18 时拦蓄水量 30 亿立方米，有效缓解了长江中下游严峻的防洪压力。

此轮洪水如何形成，三峡工程如何应对，结果如何？近日，记者走进长江电力三峡梯调中心（以下简称梯调中心）进行相关采访，让读者更加了解三峡工程化解此次洪水的前后。

水情预报

对于本次天气过程的预报，梯调中心提前一周，在 6 月 24 日的中期预报中指出，6 月 30 日，受高空槽和低涡影响，长江上游流域有中到大雨降水过程。6 月 26 日的预报中，梯调中心再次将 30 日三峡区间的这场降水规模精确到"大到暴雨"。6 月 29 日，梯调中心预报此次洪水流

7月1日，长江1号洪水通过三峡枢纽 （本报特约记者　刘华　摄）

量将达到50000立方米每秒。

　　预报的准确，源于信息的畅通。三峡集团在从金沙江中游到三峡坝址，包括岷沱江、嘉陵江、乌江等干流、支流范围内建设了600多个水雨情遥测站，这些站点通过卫星、移动通讯等方式，实时将其测到降雨和水文信息报送梯调中心。与此同时，梯调中心与水文、气象部门开展战略合作，收集、利用来自气象、水文部门的水雨情信息，就具体天气过程与湖北气象局、长江委上游局等单位开展联合会商，分析预报最新天气形势。如此，在多管齐下的基础上，再加上预报员的经验，最终形成准确的预报。

　　梯调中心水资源利用预报部负责人介绍说，短期预报（48小时内）精准度达到80%，重要天气过程能提前一周预测。

方案制定

　　在精准预报的条件下，梯调中心迅速制定相应调度方案，并积极与

相关部门沟通协调。

一方面，根据此次长江上游流域水雨情和水文气象预报，梯调中心第一时间制定三峡水库调度方案，报送长江防总。在 6 月 29 号确定本轮洪水最大流量将达 50000 立方米每秒的基础上，梯调中心经过与长江防总沟通协调，确定最终优化的调度方案，在保证枢纽及中下游安全度汛的前提下，本轮洪水三峡水库出库流量按 31000 立方米每秒控泄。

另一方面，梯调中心积极联系国家电力调度通信中心（以下简称国调中心），提出加大三峡电站负荷要求，以腾空库容。国调中心积极响应，尽最大努力为三峡电站争取了消纳空间。

由于沟通及时，调度得当，在确保三峡工程及长江中下游防洪安全的前提下，最大限度发挥了梯级枢纽综合效益，实现了本次洪水三峡电站无弃水。

洪水拦蓄

此次洪水被命名为长江今年"1 号洪水"，形成于 7 月 1 日，发生在

6 月 30 日长江流域实况降水图

长江上游。6月30日，长江上游普降大到暴雨，其中三峡区间发生大暴雨，根据测算，从重庆万县到三峡大坝坝址段，降雨达到83毫米。资料显示，此区间自1961年以来，降雨超过80毫米的只有8次。受此影响，三峡入库流量自6月30日8时29000立方米每秒起迅速上涨；7月1日8时，三峡入库流量涨至每秒48000立方米，14时达到50000立方米每秒，为今年入汛以来最大洪峰。

按照长江防总调度令要求，针对此次洪水，三峡水库下泄量控制在31000立方米每秒，最大削峰19000立方米每秒，削减洪峰40%。三峡大坝从6月30日中午开始拦蓄，到7月3日18时，拦蓄水量约30亿立方米。

受控制下泄影响，三峡水库水位相应抬升。从6月30日8时的146.08米开始逐步抬升，预计最高蓄水位将达到152米，超防汛限制水位6米，预计将于7号左右消落至防汛限制水位。7月3日14时，三峡水库水位达151.37米。

长江防总通报称，7月3日3时，2016年"长江2号"洪水在长江下游形成。此次拦蓄有效避免了长江上游"1号洪水"与下游"2号洪水"叠加遭遇，减轻了湖北、湖南、安徽、江苏等长江中下游省市防洪压力。

（原载《中国三峡工程报》2016年7月6日4版）

暴风骤雨更显责任担当

——三峡集团抗洪救灾纪实

柳金明　彭宗卫

2016 年夏汛，受超强厄尔尼诺影响，我国南方尤其是长江中下游出现严重洪涝灾害。洪水泛滥，溃堤内涝，山体滑坡，人民群众生命财产安全受到严重威胁……在这场人与自然的抗争中，三峡工程发挥巨大效用，中国长江三峡集团公司（以下简称三峡集团）彰显责任央企的责任担当。

调峰削洪
助力长江中下游防洪抗灾

防洪是三峡工程最大的功能、最大的目标和最大的效益。

按照国家防汛抗旱总指挥部和长江防汛抗旱总指挥部决定，三峡集团在保持三峡水库出库流量小于入库流量的前提下，实现统筹兼顾长江上下游防洪、尽量缩短长江中下游"超警时间"的目标。

7 月 1 日，长江 2016 年 1 号洪水在三峡库区形成，三峡水库减少下泄流量每秒 2 万多立方米，拦蓄了 40% 洪水。

7 月 3 日，长江 2016 年 2 号洪水在中下游形成，三峡水库减少下泄流量每秒 1 万多立方米，拦蓄了 30% 洪水。

从 7 月 17 日起，三峡水库按日均每秒 25000 立方米控制下泄流量。

到 7 月 18 日 8 时，经过多轮次的拦洪、削峰、错峰，三峡水库累计拦蓄洪水近 70 亿立方米，以三峡为核心的上中游水库群累计拦蓄洪水 120 多亿立方米，有效缓解了长江中下游防洪压力，为长江流域成功应对"灾情 98+"、实现"损失 98-"目标作出了应有贡献。

捐款赈灾
彰显央企社会责任

江苏盐城市是全国安置三峡外迁移民最多的地级市，也是三峡集团海上风电开发重要区域；福建省与三峡集团签署战略合作协议，正在联手打造海上风电基地；湖北省是三峡工程所在地，三峡集团扎根湖北 20 余年，在湖北成长壮大。

6 月 23 日，江苏盐城阜宁县、射阳县部分地区突发龙卷风冰雹严重灾害；7 月 9 日，2016 年第 1 号超强台风"尼伯特"袭击福建，引起山洪暴发和内涝；6 月 18 日至 7 月 22 日，湖北省经历 6 轮特大暴雨。三地灾情都造成重大人员和财产损失，为历年来罕见。

这些灾情发生后，三峡集团第一时间深入灾区查看灾情，了解地方政府诉求，率先对接帮扶。

6 月 29 日、7 月 29 日，三峡集团党组成员、副总经理沙先华、毕亚雄分别带队赴江苏、福建慰问，代表三峡集团分别捐款 500 万元；8 月 8 日，三峡集团总经理、党组副书记王琳专程赴武汉代表三峡集团向湖北灾区捐款 3000 万元；8 月 25 日，三峡集团党组成员、总会计师杨亚带队赴宜昌落实灾后帮扶工作。

灾后重建
风雨同舟守望相助

7月18日至20日，清江流域发生罕见的"超百年一遇"特大洪水，巨量漂浮物堆积在清江高坝洲电站坝前，严重危及高坝洲坝体、行洪和电力生产安全，高坝洲电站被迫全厂停机。据估算，仅流域电站水毁设施修复约需4000万元，完成坝前清漂打捞约需1000万元。

灾情发生后，三峡集团党组书记、董事长卢纯高度重视，多次召开会议听取汇报并提出要求。王琳迅速部署，组织开展抗灾自救。三峡集团党组成员、副总经理樊启祥两次赶赴现场，指挥电站坝前清漂打捞。

按照三峡集团决策部署，湖北能源清江公司干部员工鏖战三个多星期，投入巨大的人力物力财力，克服地理位置、技术条件限制以及高温天气影响，高效完成各项工作。

三峡集团在承担巨大损失开展自救的同时，积极履行政治责任和社会责任，对当地群众进行救助，紧紧依靠地方政府做好灾后重建和群众稳定工作。抢险过程中，湖北能源清江公司通过科学调度，成功解救9名受困群众。

（原载《人民日报》2016年10月31日13版）

七月洪流荡人心

——湖北能源 2016 抗洪抢险工作纪实

《中国三峡工程报》记者　刘蒙胜

特约记者　彭俊　金文霞

如果把时间倒回到 7 月，那时，一轮接一轮的强降雨正疯狂地袭击着荆楚大地，"活了一辈子未见"、"百年一遇"诸种词汇表述着这其中有多罕见。罕见的背后，是湖北能源诸单位正遭受着严重的洪涝灾害及其他地质灾害。

巨灾面前，湖北能源人铁肩担责，妙手著"文"，"文章"或轰轰烈烈，或不动声色，但皆不遗余力。待而今风平浪静，再听他们讲述那份独特经历，淡然背后是如此的惊心动魄、激动人心。

王小君：最艰难的一个决定

王小君是清江公司总经理。7 月 19 日清江流域强降雨的时候他正在北京开会，手机上不断更新的水雨情信息让他心急如焚，一夜未眠。7 月 20 日，他乘动车往回赶，在下午 4 点赶到水布垭电站，眼前的景象

让他触目心惊。

"130几毫米的降水是什么概念？就是只要有边坡的地方全是瀑布，有小沟的地方全有泥石流！"，王小君毫不夸张，平时宽2米深1米的小沟变成了宽10米深20米的鸿沟，电厂前面原先的一个岗亭、一个小型停车场已不见踪迹。

严重的是厂房，泄洪形成的雾化水直灌而入，冲击着厂房大门，"弄不好就会水漫厂房！"水布垭电厂厂长甘魁元很清楚这个情况，而厂房漏水让情形更加艰险，"弄不好会把设备烧了导致跳机。"

可这不是王小君最担心的情况。在此之前，王小君他们已经做了充分的预案，采取了相关防护措施，并且完全发挥了作用。尽管是夜，全厂人员一夜未歇竭力抢险，设备管理部主任杨晓勇手机上的计步器显示，当晚他在厂房里步行了20公里……

最让王小君揪心的是高坝洲。洪水裹挟着上游河道漂下的物品不断涌向高坝洲，并在坝前堆积，进水口拦污闸不堪重负最终断裂，近5万吨的漂浮物严重威胁着枢纽的安全，要马上清理！

7月21日，王小君酝酿着一个计划。"说实话，这是我在整个期间最艰难的一个决定！"，王小君坦言，"我决定由清江公司来清漂，所有的！"空前庞大的工作量，前所未有的困难，有待摸索的经验，这股压力非同一般。王小君的底气来源于他对清江公司的了解，责任、担当、奉献、人才……上级很快同意他的决定。

清江公司队伍进场后，清理速度不断加快，仅一个月后，坝前漂浮物荡然无存。

"说起来很轻松，可背后的压力、曲折非一般人能理解，这是一个属于清江的奇迹。"王小君终于可以为他的决定松一口气。

向克寿：清漂非一文章能说尽

说起高坝洲清漂，现场施工总指挥向克寿有些激动，"这不是一篇文章能说完的！"

第一眼看到堆积如山的漂浮物，向克寿坦言心里没底。

"九月份要开始流域检修，真正留给清漂的时间只有一个多月。"向克寿最需要的就是时间，可这些漂浮物并非拖离大坝那么简单。可就在最紧张的时候又碰到了更恶劣的天气，在 7 月 20 日至 8 月 22 日施工期间，恰逢全年最高温，坝面温度高达 50 度，门槽处环境恶劣，空间狭小，戴着防毒面具也不顶用。

尽管如此，请缨清漂的人却络绎不绝。向克寿说，他们有个微信群，随着现场进展的需要，随时增加人手，每次被点到的人都欢呼雀跃，没点到的人则再三焦急询问，为上阵有人给他打过 5 次电话……这是一支执行力强的队伍，第一批去高坝洲的队伍是在 20 日凌晨一点从隔河岩集合出发的，27 人小分队，从准备到抵达，仅 1 个多小时。通知第二批队伍去高坝洲的时间是 22 日，向克寿并没有意识到这是一个周五，很多人已经回去度周末了，但通知一到，20 人小分队立马集结好。来之肯干，来之能战，担当、责任……实干的同时，越来越多的金点子被研发出来，大大加快了进程。

"这么多人，很难说谁突出。闫京川刚从水布垭抢险回来，还没坐热又赶到了高坝洲；沈卫宏听到召唤偷偷从医院跑了出来；姚文俊放弃婚旅主动请缨……有人割网割到手缝了六七针跑回来，有人到地方挂职精准扶贫听到消息跑回来……"，"这是一个真正的团队，奋进，向上，崇尚劳动。"

在 7 月 26 日之前，清理速度还一直比较慢，直到三峡集团副总经理樊启祥到来，帮忙出点子在右岸寻找到一个可供挖机起坡的作业面，豁然打开局面。

"这是一个施工方法、人员、设备不断调整的过程。同样也非一千字文能说尽。"

余小敏：因为我们是开发区唯一的供热点

7月6日的早上，余小敏眼睁睁地看着小区门前的路变成了奔腾的大河。这一天，全国人被"武汉看海"刷屏了。

身为东湖燃机公司副总经理具体负责生产的余小敏并没有看海的心情，他正着急赶往公司位于汤逊湖的取水泵房。那里的水位正以每小时十公分的速度上涨，泵房已告急！七点钟，余小敏强行驾车冲进了"海里"，左突右冲两个小时后，他把车弃在了高速路上，转乘出租车再淌水步行赶到了现场。原先通往泵房的道路水已齐腰，泵房已成孤岛。"保变压器！"余小敏没有犹豫，扛起50余斤的沙袋涉水冲向160米开外的泵房。变压器旁所筑的挡水墙已经快被雨水漫过，必须加固，否则一旦变压器遭水淹，取水泵停止工作，后果将是灾难性的。负重50斤行走本已困难，加上需涉齐腰甚至齐脖深的水，垒下层沙袋时，还得钻到水下码好，消耗可想而知。顶上！党员带头，领导带头，全员上阵。余小敏说，最紧急的时候，所有人泡在了水里。从7月6日遇险到泵房地面最后的渍水消失的20余天里，余小敏和防汛队员累计装运沙袋5000个，处理了多少险情，余小敏不清楚了。只是变压器保住了，泵站从始至终运行正常。这期间，泵房值班员温世昌最多在水里泡了20余小时，很多人连续上班，三四天没回家，最多的半个月没回家……

为何这么拼命？余小敏说，因为我们是东湖开发区唯一的供热点啊。

东湖燃机公司纪委书记孙泽浩说，东湖开发区光谷地区聚集中信国际、高德红外等多家企业。粗算一下，东湖燃机公司供热用户的80几家，其GDP总值占整个开发区的1/4多，供热出现问题，对整个开发区的影响不可估量。

赵正洪：我们有人是含着眼泪撤离的

赵正洪是省天然气公司副总经理，他说，他要讲的是别人的故事。

7月21日，受强降雨袭击天门，市内多处河道出现漫堤决堤，省天然气天门站全站被淹。年仅27岁的副站长蔡浩经历了人生最艰难的一次挑战。在一次次抗击洪水之后，最终蔡浩被迫撤离。

赵正洪说，蔡浩是含着眼泪撤离的，他还是心有不甘。

其实在撤离之前，蔡浩他们已经做了足够多的工作，将低处设备搬至高处，联系国家电网人员进站对箱变断电，监督场站计量员切断生产数据，拍照保留计算机底数，做好计量交接，通知下游用户做好采用临时应急供气模式的准备。为方便观察他甚至制作临时标尺实时监测水位。在撤离的最后一刻，仍在做着准备工作，减少经济损失。撤离时，蔡浩他们的皮划艇还顺便做了一件好事，成功解救了一名被困屋顶的老乡。

撤离时的不甘被撒在了灾后重建上。7月27日，洪水退去，蔡浩他们回来。头两天没有电、高温酷热、洪水过后的恶臭……不要紧，关键是能回来了。场站消毒，检查线路，恢复供气，蔡浩他们全然忘记了辛苦与劳累。

赵正洪说，天门不只有蔡浩，还有很多人。比如说，公司维修中心的电气专工张浩，承担站内柴油发电机的维修工作，戴防腐手套工作极不方便，于是张浩光手进行油箱的拆卸清洗……

努力下，3天后，全面恢复天门分输站发电机及配套系统；5天后，全面恢复市电及配套系统。10天后，陆续恢复场站计量系统、自控系统等，以最快速度完成天门分输站生产设备恢复的所有工作。

抢供每天5万方气，从经济效益上来说并不是很起眼，但那却是天门人的必需，关系着居家与生活。

赵正洪说，这是一个属于年轻人的故事，从他们身上，他看到了担当。

10月19日，湖北能源举行抗洪抢险表彰大会。作为先进集体和个人代表，他们的讲述，让人动容。正如湖北能源董事长肖宏江说，弘扬抗洪精神，就是要让精神成果在全公司内分享、升华，让党员的先锋模范作用更加显现。因为，那时在抗洪的各个战场，党旗永远飘扬，党员

一直冲在第一线，检修公司党总支荣获"高坝洲清漂抢险红旗党总支"，这是湖北能源给出的最高荣誉，这是湖北能源人"两学一做"最生动的实践。

（原载《中国三峡工程报》2016年10月26日2版）

全力以赴防大汛　众志成城抗洪魔

——三峡集团湖北能源抗洪抢险取得阶段性胜利

《中国三峡工程报》通讯员　何建瑞

进入七月以来，湖北地区发生大面积持续暴雨天气，强度大，范围广，时间集中，百年一遇，多地发生洪涝灾害，城市内涝、泥石流、山体滑坡等隐患突出。

三峡集团湖北能源各单位均遭遇暴雨侵袭，但面对历史罕见的暴雨，不期而至的险情和灾害，湖北能源精心部署、积极应对，经受住了暴雨的考验，取得了防洪度汛的阶段性胜利。

山雨欲来，我们严阵以待

今年以来，公司未雨绸缪，超前防范，严格按国家防总"防御'98+'特大洪水"要求开展备汛工作，夯实了防汛工作基础。认真贯彻落实省委省政府、三峡集团等上级部门防汛工作要求，扎实开展防汛准备、专项检查、防汛预案等工作。各单位加强汛情预报及调度沟通，提前消落水位，腾出库容。通过加强地质灾害、人员撤离等应急演练，全

面做好了物资准备、应急准备。特别是以清江公司为首的各水电企业，因地制宜编制防汛预案，结合实际科学调度，泄洪建筑物经受了严峻考验，保证了发电机组及设备长周期可靠运行，实现了安全生产、安全度汛。

滔滔洪水，我们众志成城

强劲的暴雨对公司安全生产工作带来了严峻的挑战。各单位防汛抢险全线告急，汛情引起各方高度重视。三峡集团董事长卢纯、总经理王琳多次对湖北能源防汛抢险救灾工作作出批示。

公司董事长肖宏江冒着瓢泼大雨，涉水到东湖燃机和鄂州电厂检查

东湖燃机公司党员带头涉水抢险 （本报通讯员 杨芳 摄）

防汛排涝工作，慰问战斗在防汛排涝一线的干部员工。即使远在北京开会，也时刻关注防洪度汛情况，第一时间对抢险工作作出部署，并于会后赶赴清江高坝洲电厂指挥抢险清漂打捞工作。

公司总经理邓玉敏多次安排部署防洪度汛工作，在雨情最严重的7月19日通宵值班，听闻高坝洲电厂出现险情后，第一时间赶赴现场靠前指挥。各分管领导也于第一时间分头赶赴各现场指挥抢险。

清江流域遭遇百年一遇洪水，梯级三座电站首次一条线同时开闸泄洪，高坝洲电厂遭受大量养鱼网箱撞击，严重危及大坝和机组安全。清江公司迅速启动防汛应急预案，科学有序拦蓄削峰，有条不紊开展高坝洲坝前抢险工作，有力保障了清江沿岸城镇安全、人民安全和梯级枢纽工程自身安全。

鄂州发电公司露天存煤场大面积垮塌，三期工程建设现场部分工具房被淹，紧急启动防汛预案，加强对电气装置、江边泵房等漏雨、渗水情况检查，紧急处理厂房30余处漏水。针对煤场垮塌而导致堆取煤线路全部中断的紧急情况，先急后缓，率先恢复9号皮带输煤线路，保证了安全生产有序进行。

省天然气公司因中石化"川气东送"恩施管道干线发生泄漏并爆燃，面临停气风险，天门输气站因熊河溃堤，全站被淹。立即启动防汛应急预案，开展抢险救灾。在天门站停止供气后，紧急采取CNG气罐车输气，并多方协调，紧急调配，及时从"西气东输"协调到了气源补给，消除了"川气东送"沿线9座配套接收站的停气风险，保证了下游20余家用户的供气安全。

东湖燃机公司在厂房围墙坍塌，泵房水位超历史最高水位60厘米，通往泵房交通中断的紧急情况下，迅速启动抢险应急预案，及时拉上警戒线，设置路障和警示牌，封堵取水管道排水口，阻止洪水涌入，并加装水泵抽排积水，确保了燃机电站安全运行。

锁金山电站所在地区电源、交通、通讯全部中断，龚家坪、三元泉、电厂"失联"，成为孤岛，紧急向湾潭镇、五峰县防汛办报告龚家坪水

库汛情，派遣人员徒步送信，向下游村民传达撤离险情，在村民安全撤离后，分批分段开启2台闸门泄洪，确保了大坝、水库安然无恙，设备可靠运行。

洞坪公司、芭蕉河公司、银隆公司、房县公司等单位科学做好暴雨预警，加密设备巡查，及时排除隐患，优化水库科学调度，在确保安全的情况下，尽最大努力减少弃水。溇水水电公司、光谷热力公司、新能源麻城蔡家寨风场等单位积极开展生产、建设自救，雨情中及时排除积水，恢复中断交通……，保证了安全生产、安全度汛。

抗洪抢险，我们冲锋在前

一个支部一座堡垒，一名党员一面旗帜。在这场抗洪抢险的战役中，我们看到了关键时刻党组织和共产党员的关键作用，看到了党旗在抗洪一线飘扬，党徽在抢险现场闪光。

各级党组织和党员闻汛而动、挺身而出、冲锋在前，充分发挥了共

清江公司党支部、党员现场参加高坝洲抢险 （本报通讯员　余爱彤 摄）

产党员的先锋模范作用，不怕困难，不辱使命，积极战斗在防汛抢险第一线，主动投身到抗洪救灾最前沿，真正把防汛抗灾第一线作为了锤炼党性修养的主战场，真正把打赢防汛抗灾攻坚战作为了"两学一做"学习教育的生动实践。

清江公司把党支部建在高坝洲抢险现场，100多名党员不惧现场近50度的高温及养殖物恶臭影响，踊跃报名支援救灾工作；鄂州发电公司党员雨后顶着烈日，带头清理垮塌煤场，恢复生产，在接到长江大堤险情后，不顾暴雨肆虐，党员同志带领100余名抢险队员围抄近路，及时赶到武四湖东大堤抢险；省天然气公司把党旗插在抢险救灾的天门站，汛期积极抢险，灾后恢复重建，维抢中心和运行支部党员在天门分输站历时二十余天，抢修管道，恢复供气；东湖燃机公司党员带领青年突击队顶着瓢泼大雨，站在浑水中连续作战，垒沙袋，架排水泵，丝毫不惧危险；锁金山公司党员同志不畏山路艰险，道路泥泞，在雨中跑步送信，确保下游人民安全撤离……

大灾面前挺起脊梁。这就是党员在抢险一线"立责于心，履责于行"、"专业敬业，重责重行"最真实的写照，面对这一切，他们的回答只有一个：因为我们是共产党员。正是这些共产党员，筑起了一道道抗击洪灾的"铜墙铁壁"。

灾害面前，我们风雨同舟

越是灾害险情，越能体现国企担当。就在抢险救灾工作紧锣密鼓地进行时，公司以积极的姿态，主动的作为，认真履行企业社会责任。

时刻关注长江水位情况，充分利用清江梯级水库调蓄洪水，错峰泄洪，努力为长江分忧，减轻下游防汛压力。

在高坝洲灾情发生后，克服现场高温、环境恶劣、作业难度大等困难，积极按地方政府要求开展库区漂浮物打捞清漂。

积极支持地方政府抢险救灾，组织100多人赴鄂州市武四湖东大堤

开展防汛抢险，保障了当地蒲团乡 6 个村庄、上千亩田地及 5 个乡镇的数万名居民生命财产安全。

大力支持灾后重建，向湖北省慈善总会捐款 100 万元。

这一切都深刻体现了湖北能源不忘初心、知恩反哺的责任意识，生动诠释了湖北能源服务湖北、奉献湖北的神圣使命。

在这场与暴雨搏斗的过程中，公司安全生产稳定，未发生人身伤亡、重大财产损失等事故，所有机组及设备保持健康稳定运行。全体党员、干部、员工用实际行动证明了：暴雨再大，洪水再猛，也冲不垮我们的坚强意志，战胜不了我们克服困难的顽强决心！不忘初心，我们继续前进。

（原载《中国三峡工程报》2016 年 8 月 13 日 4 版）

三峡水库精细化调度高效利用水资源

《中国三峡工程报》通讯员　徐涛

本报讯　受近日长江上游流域的两场强降雨过程影响，三峡水库先后迎来了 20000 立方米每秒和 30000 立方米每秒的入库流量，分别超葛

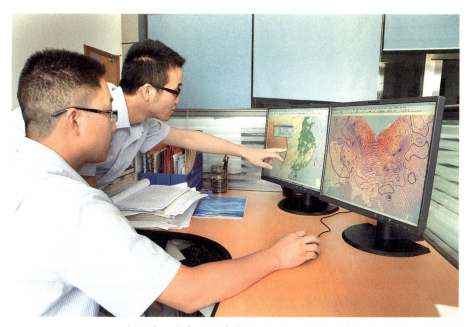

梯调中心气象预报员监测天气变化过程　（本报通讯员　邢晶 摄）

洲坝电站满发流量和三峡电站满发流量。

6月15日至6月20日，长江电力梯调中心未雨绸缪，提前编制优化调度方案，并联系国调中心，高效利用水资源，实现精细化调度，连续两次利用三峡汛期水位允许变幅之间的库容，拉低水位控制，迎接洪峰到来。其中，前次释放库容5.7亿立方，确保葛洲坝电站未弃水；后次释放库容4.2亿立方米，成功避免了洪峰来临时三峡水库将超146.5米水位上限的情形发生。

（原载《中国三峡工程报》2016年6月25日4版）

三峡水文气象预报员的"风雨人生"

《中国三峡工程报》记者　刘蒙胜

特约记者　邢晶

三峡梯调水文预报员李长春被介绍时，她有些不好意思，"我只不过是那天晚上值班而已。"

李长春说的那天是指 7 月 1 日长江上游迎来今年长江第 1 号洪水，最大洪峰达 50000 立方米每秒，为今年入汛以来最大值。

在当天晚上值班的还有气象预报员张俊，这个年方 30 岁的小伙子，盯着电脑屏幕显得有点兴奋，"这场降雨我们跟踪很长时间了。"

同属于长江电力三峡梯调中心气象、水文预报团队，汛期，这两人及他们的团队正密切关注着长江流域的风云变幻，观天象，测水雨，以精准的水文气象预报，为三峡工程的防洪度汛、精准调度提供着现实依据，他们的工作关乎着三峡枢纽这个世界最大的水利枢纽工程的安全稳定运行。

办公室的抗洪

三峡工程作为长江防汛关键性骨干工程，有着巨大的防洪功效。这

种防洪，不是千军万马保大堤的波澜壮阔，而是通过按钮、开关实现办公室抗洪的波澜不惊。三峡水库犹如一个巨大的水袋子，对洪水有着明显的调蓄作用，至于何时放何时蓄，放多少蓄多少，则需统筹考虑上下游的实时和预报水雨情。因此，做好水文气象预报是实现波澜不惊的前提。

汛期，是预报技术人员最为忙碌的时期。观云图，算流量，发布水情信息，对实测值进行校核，必要时发布预警，年轻的预报员们并不轻松。汛期复杂多变的天气状况、长江上游流域电站蓄放水的未知性与工程调度运行对精准气象水文预报的需求等等让他们甚至不能好好睡上一觉，尤其在值班的晚上，神经紧绷的状态持续整个汛期。

张俊他们打开 MICAP 系统，持续跟踪气象变化，根据自身经验修订模型预报结果，滚动修正预报……

李长春他们打开流域水文预报系统，实时跟踪水雨情实况，利用自

图为工作中的张俊（本报记者　刘华　摄）

图为李长春（中）与同事们对着电脑屏幕分析降雨情况　（本报记者　刘华　摄）

身经验实时校正模型预报结果，滚动修正预报……

办公室里，除了电脑屏幕变化的图像与数字，还有声音，对天气过程讨论的声音，对预报值争论的声音，还有会商的声音。入汛以来，梯调中心明显加强了与长江流域预报中心、长江委水文上游局等单位的联合会商。"气象这方面大的会商有 5 次。会商集合了更多人的智慧，让我们的预报更加准确。"气象预报技术员李波说。

打铁还得自身硬。为提高自身能力，年轻的预报团队在强化学习培训的同时，更加注重自身科技创新，全过程参与了《三峡水库关键科学技术研究》项目的课题研究工作，并已通过首个子课题的验收。2012-2016 年，共完成《长江流域水雨情监测分析系统研发》、《金沙江流域天气气候特征分析研究》、《长江上游流域中小洪水天气特征分析》、《气象分析预测产品评价方法研究和软件开发》、《关键期天气气候特征分析及预报方法研究》等七个科研项目工作，这些项目成果在实际业务工作中

得到了充分应用。

勇于担当，守土尽责，通力合作，内在提升，年轻的预报团队支撑起了办公室防洪。今年汛期，他们对长江上游流域6次强降水过程预报准确率达到80%以上，特别是3次三峡区间特大暴雨过程，不论降水历时还是降水量级均准确把握，为水文预报垫底了良好的基础。四次洪峰超过35000立方米每秒的洪水过程，均有超过48小时预见期，洪峰预报准确率均在95%以上。准确的来水预报为水库优化调度方案编制和防洪决策赢得了宝贵的时间，创造了良好的条件。

对于三峡工程而言，精准预报，不仅仅是为了防洪度汛，也在于发电效益提升。"精准的来水预报是精准调度的前提条件，通过掌握来水情况，制定相应调度方案，精打细算利用好每一立方米水，这就是我们的提质增效。"梯调中心水资源利用预报部副主任鲍正风长期从事水文预报工作，对此有着自己的理解。三峡工程的首要任务是防洪，汛期基

图为梯调中心水文气象预报团队获2013年湖北省气象行业天气预报职业技能竞赛团体第二名 （本报特约记者 邢晶 摄）

图为梯调中心水文气象预报团队集体合影（本报记者　刘华　摄）

于随时可能出现的大洪水，三峡枢纽牺牲发电效益，将水位严控在汛限水位里。根据防总的调度要求，三峡枢纽可利用144.9米－146.5米间约10亿立方米的水库容量进行洪水调度，因此，依据准确的预报，制定相应调度方案，重复利用库容，既保证上游不突破汛限水位，又确保下泄流量不给下游带来防洪压力，不浪费每一立方水，精细发好每一度电。

除预报长江上游水雨情外，不那么为人熟知的是，这个预报团队还承担了三峡到葛洲坝区域三峡专用高速公路灾害预警工作。汛期特别是有重要天气过程的时候加大对专用公路的监测，及时发出地质灾害预警。"一般可以提前两小时发出预警，这对于减少伤亡事故有着巨大的作用。"梯调中心水资源利用预报部气象预报总监陈良华说。

预报员的经验

"借助天上的卫星，利用开发的平台，加上预报员的经验。"陈良华

简单地解释着如何能判断出一场降雨的规模、时间、区域等，"重点是预报员的经验！"陈良华强调说。

盯着电脑屏幕，李长春仔细查看着 GIS 水雨情遥测、报汛系统，并利用洪水预报系统进行模拟演算，"我们会利用洪水预报系统进行模拟演算，但计算结果只能作为参考，需要人工校正，这正是我们预报员存在的理由。要做到精准预报，人是最重要的。"李长春说得很认真。

"我们预报员的价值就体现在判断、订正上。举个简单的例子，卫星云图显示着这片区域是坏天气，但未来一段时间会怎么变化，变化到什么程度，就需要我们进行综合判断，修正取值了。"徐卫立声音不大，说得也很认真。

而他们做得更认真。精准预报，来自预报员的订正。订正，简单的两个字，并非随性的加大或减小，而是建立在长期跟踪观察，特殊区域重点研究以及多模式、多动态精密演算的基础上。

长期跟踪，对应的是时间，就是花长时间专注于这个区域。在这里，李波已工作 13 年，曹红伟 11 年，徐卫立、张俊 8 年，李长春 7 年……数字是背后是坚守、执着与热爱，这片区域，他们已经熟悉，并正更加深入了解。重点研究、精密演算，对应的是强化内功，除了学校储备之外，更主要的是工作的积累与实践，同行的交流与学习。一场预报一分析，对照实际情况与之前的预报详细总结经验，这已成为他们工作的常态。日分析，月分析，季度分析，年度分析，个人总结，团队总结，从实践中来，再回到实践中去。除了分析总结，更大的收获源于交流讨论，李波有些感慨，"外面的人估计难以想象，我们这里每天都会进行纯粹的业务讨论，不仅仅是我们内部之间，还有与防总等其他同行单位。"

坚持，分析，团结，共进，成就了个人与团体的华丽转身。

与 1998 年相比，今年汛期的暴雨过程明显增多，天气复杂多变，但是梯调中心的预报工作并没有落下。相较于 1998 年，现在预报期由未来 48 小时延长到为未来 7 天，时间的延长并没有降低预报精准度，对于面雨量 20 毫米以上的降雨预报，精准度较 1998 年提高了 15% 以上，这对气象预报来说是一个质的飞跃。梯调中心水资源利用预报部主任陈忠贤说，目前短期预报（48 小时内）精准度可达 80%，重要天气过程能提前一周预报。

2009 年第二届湖北省气象行业天气预报技能竞赛，三峡梯调通信中心代表队以团体总分第五的成绩荣获优胜奖和三人次个人奖项；2010 年第二届全国气象行业天气预报职业技能竞赛，三峡梯调通信中心首次参赛，获得团体第十名和六人次的个人奖项，在行业队中傲视群雄，更是打败了二十三支省级专业队伍。其中"实时天气预报"单项前三名被徐卫立、张俊、李波包揽；2013 年湖北省气象行业天气预报职业技能竞赛，获团体第二名及七人次个人奖项；2014 年第四届全国气象行业天气预报职业技能竞赛，获团体第七名及五人次个人奖项……

张俊的遗憾

对于 6 月 30 日这场强降雨，梯调中心预报团队提前一周，在 6 月 24 日的中期预报中指出，6 月 30 日受高空槽和低涡影响，长江上游流域有中到大雨降水过程；6 月 26 日的预报中，预报团队再次将 30 日三峡区间的这场降水规模精确到"大到暴雨"。6 月 29 日，预报团队作出"此次洪水流量将达到 50000 立方米每秒"的预报。最终的雨情实况与预报基本相符。

不过，预报员张俊对此却有些遗憾，"嘉陵江区间、乌江区间、寸万区间等地区的预报与实况基本吻合，只是万宜区间的预报有些偏差，预报比实况偏小。"张俊言语间透露着些许不甘，在他看来，或许他们还应该更加精确一些。在这场降雨中，万州到宜昌区间的日降雨量近 83 毫米，为三峡建库以来最大日降雨量。梯调中心水资源利用预报部主任陈忠贤介绍说，从 1961 年以来，此区间降雨超 80 毫米的只有 8 次。

不过，张俊他们不遗憾的是，此次提前预报与精准预报，为后续一系列动作赢得了宝贵时间。基于预报，梯调中心迅速制定三峡工程相应

图为梯调中心水文气象预报团队进行三地视频会商 （本报特约记者 邢晶 摄）

调度方案，并积极与长江防总、国家电力调度通信中心等相关单位部门沟通，协调出库流量、电站负荷等问题。由于沟通及时，调度得当，本次洪水被有效地拦蓄下来，避免了与下游洪水叠加，减轻了下游的防洪压力，而且在确保三峡工程及长江中下游防洪安全的前提下，最大限度发挥了梯级枢纽综合效益，实现了本次洪水三峡电站无弃水。

在长江汛期"七下八上"的关键时期，长江流域依然风云变幻，大洪水依然随时可能出现，梯调中心水位气象预报团队的工作依旧紧张，知风识雨，精准预报，优化调度，他们细心地守护着一份安澜。只是忙碌的汛期之后，他们还有生态调度、压咸潮……

（原载《中国三峡工程报》2016 年 8 月 13 日 3 版）

三峡集团全力坝前清漂力保长江清洁

《中国三峡工程报》特约记者　简铁柱　王晓艳
通讯员　史常华

本报讯　近期连日暴雨，造成长江两岸各类漂浮物随波而下，三峡坝前清漂工作进入高峰期。

据了解，汛期坝前清漂主要由三峡集团负责组织管理，库区干流清漂由三峡集团委托重庆市和湖北省地方政府负责实施。

为保障长江水质清洁及三峡航道和电力生产安全，让三峡平湖美景干净地呈现给三峡游客，三峡集团统筹管理，精心组织，全面出动大型清漂器械——三峡清漂1号、2号、3号船，同时，加大有效作业区间，加班加点高效率对坝前漂浮物紧急打捞。目前，清漂成果显著，截至8月4日，已打捞漂浮物40000方左右，坝前漂浮物明显减少。

入汛以来，截至8月4日，三峡集团已出动大型机械化清漂船65船次，小型机驳船1161船次，转运船42船次，出动人工5408人次，对坝前4公里范围内的水域进行了高效的清理，累计清理漂浮物43274立方米。

坝前漂浮物的及时清理，保障了三峡电站、船闸的安全运行和升船

机的实船试航,保护了坝前水质,改善了坝前景观。

从坝前打捞起来的漂浮物,将用船转运至秭归郭家坝镇华新水泥厂进行处置。漂浮物经干化粉碎后,替代一部分煤作为燃料,进入水泥回转窑进行高温焚烧,焚烧后的少量灰烬可作为水泥生产的原料,实现了"变废为宝"。

目前,聚集在三峡左岸的大片漂浮物已经基本清理完毕,右岸和地下电站聚集的漂浮物正在加紧清理,同时加强了库区漂浮物的监测,为应对"七下八上"汛情可能带来的大量漂浮物做好了充分的准备。坝前漂浮物的及时清理,有力保障了三峡电站、船闸的安全运行和升船机的试航,保护了坝前水质,改善了坝前的景观。

(原载《中国三峡工程报》2016 年 8 月 17 日 1 版)

媒体解读　长江安澜

三峡工程防洪功能显著

《经济日报》记者 刘慧

长江中下游地区前段时间发生了 1999 年以来最大洪水，很多城市陷入汪洋。作为长江流域重要水利枢纽，三峡工程的防洪功能显著。

拦洪削峰助力中下游防洪

入汛以来，长江流域洪水泛滥，三峡大坝以下的湖北、安徽、江苏等地汛情严峻。三峡集团三峡枢纽建设运行管理局枢纽运行部副主任王海告诉《经济日报》记者，为了减轻长江中下游汛情，按照长江防总调度令要求，三峡水库严格控制下泄流量，充分利用防洪库容拦蓄、错峰、削峰，来协助大坝下游的湖北、安徽、江苏等地防洪抗灾。

据了解，自 7 月 1 日长江"1 号洪水"以来，三峡水库拦蓄了多轮洪水，累计拦蓄洪水量超过 90 亿立方米，为长江中下游防洪减灾发挥了重要作用。目前，长江中下游干流水位已全线退出警戒，长江防汛抗洪工作取得了阶段性重大胜利。在汛期中，三峡水库严格服从国家防总和长江防总的调度指令，在防洪抗灾中发挥了积极作用。

武汉"看海"系降雨过量所致

今年汛期武汉城区内涝严重，全城百余处被淹。武汉的水，是长江上游的水还是本地降雨过量导致？

王海说，武汉这次的洪水，并不代表三峡没有发挥防洪作用。三峡最大限度发挥拦蓄功能，减少下泄流量，但对于减轻武汉内涝的作用有限。如果没有三峡工程在上游的拦洪削峰，下游地区面临的防洪压力更大，长江干流城陵矶水位将超过保证水位。

"武汉城区被淹主要是本地降雨过多导致的。"中国水力发电工程学会副秘书长张博庭介绍，在大的洪水到来时，三峡大坝会对水量进行拦截或者错峰，不让它对中下游河道产生巨大的冲击。但是，由于三峡水库的蓄水能力有限，需要维持正常的泄水，随时应对上游可能出现的大洪水。如果没有三峡大坝，长江下游将会出现更大的问题和威胁。

工程首要功能是防洪

三峡水库作为国家重大水利工程，防洪是兴建三峡工程的首要任务，防洪也是其首要功能，这是由长江流域的防洪形势和三峡工程在长江防洪体系中的重要地位所决定的。

万里长江，险在荆江。三峡集团有关负责人表示，三峡工程的防洪作用主要在荆江河段，可使荆江河段遇100年一遇洪水不分洪；遇超过100年一遇至1000年一遇洪水，则可控制枝城流量不超过每秒80000立方米，加上分蓄洪区的配合运用，可防止荆江地区发生毁灭性灾害。

三峡大坝自建成以来，很好地发挥了防洪的功能。三峡未建之前，自汉初至清末2000余年间平均每10年发生一次。三峡建成之后，通过其221.5亿立方米的防洪库容调蓄，将荆江河段的防洪标准由10年一遇提高到100年一遇。从三峡大坝实际运行情况来看，2003年至2015年12年间共进行防洪运用38次，有效保障了长江中下游防洪安全。

目前，长江流域的梯级水库群正在形成。三峡集团有关负责人介绍，目前长江干流已建成的由三峡集团公司负责运营管理的有 4 座水库，加上在建的 2 座水库，总防洪库容约 380 亿立方米。通过实施梯级水库群的联合防洪作用，可进一步提高长江中下游地区的防洪能力。

（原载《经济日报》2016 年 8 月 4 日 3 版）

洪涝来袭　三峡大坝没闲着

《经济日报》记者　刘慧

一段时间来，南方地区持续汛情，长江流域洪水泛滥，长江中下游城市陷入一片汪洋泽国。作为长江流域重要的水利枢纽，三峡再次被推到了舆论的风口浪尖上接受拷问。作为长江流域上的一个重要水利枢纽，在此次洪涝灾害中，三峡水库是帮了倒忙，还是起到了积极作用？本报记者就此进行了深入采访。

拦蓄洪水助力长江中下游防洪

长江三峡大坝水利枢纽地处湖北宜昌，位于武汉的上游，主要是拦截长江上游洪水，减轻长江中下游压力。今年长江上游形成的"1号洪水"与长江中下游形成的"2号洪水"几乎同时出现，三峡大坝充分发挥拦蓄洪水的功能，避免了两次洪峰叠加带来的灾难性影响。

三峡枢纽建设运行管理局枢纽运行部副主任王海告诉经济日报记者，三峡大坝的主要功能，就是一方面对上游的水进行拦洪和削峰，另一方面让上下游洪峰错峰。可是今年长江流域洪水泛滥，很多地区遭受洪涝灾害，此次强降雨区域集中三峡大坝以下湖北、安徽、江苏等地，仍集中在淮河和长江中下游一带。正因为降雨非常集中，所以这些区域的汛情也比较严重。为了减轻长江中下游汛情，三峡枢纽通过减少下泄流量的方式，来协助大坝下游的湖北、安徽、江苏等地防洪抗灾。

据了解，7月1日14时，三峡水库入库流量达到每秒50000立方米，形成今年长江"1号洪水"，也是今年入汛以来三峡水库迎来的最大洪峰。这次洪峰形成的主要原因：6月30日，长江上游流域普降大到暴雨，三峡区间发生大暴雨，根据测算，从重庆万县到三峡大坝坝址段，降雨达到83毫米。资料显示，此区间自1961年以来，降雨超过80毫米的只有8次。与此同时，三峡水库控制洪水下泄，水库水位相应抬升。7月3日14时，三峡水库水位达151.37米。

就在三峡水库从6月30日开始拦蓄上游洪水的时候，受长江上游来水及中下游干流区间强降雨影响，2016年"长江2号"洪峰在长江中下游干流形成，7月3日3时长江大通站水位达到警戒水位，3日8时大通站水位涨至14.58米，超警戒水位0.18米，长江干流莲花塘、汉口、九江站水位接近警戒水位。

按照长江防总调度令要求，三峡水库积极发挥防洪功能，下泄流量控制在每秒31000立方米，削减洪峰每秒19000立方米，累计拦蓄洪水30多亿立方米。经过三峡水库拦洪错峰以后，有效避免了长江上游"1号"洪水与中下游"2号"洪水叠加遭遇，中下游沙市站没有超过警戒水位，城陵矶站没有超过保证水位，有效缓解了湖北、湖南、安徽、江苏等长江中下游省市严峻的防洪压力。

据湖北省气象局通报，7月12日至月底，全省还将有4次降雨过程发生，防汛形势严峻。国家防总再次发出紧急通知，要求长江中下游5省进一步加强长江重点堤段、重点部位防守工作，坚决夯实堤防防守责任，进一步加强险情和抗洪抢险信息统计报送工作，统筹上下游防洪形势。据悉，7日10时30分长江防总再次压减三峡水库出库流量每秒5000立方米，按每秒20000立方米控泄，进一步减轻中下游防守压力。

武汉"看海"模式是怎么形成的

武汉城区内涝严重，全城百余处被淹，武汉再次开启"看海"模式。武汉的水，是长江上游的水还是本地降雨过量导致的，长江洪水能否通过三峡大坝得到有效控制，确保长江全流域不发生洪涝灾害呢？

长江中下游地区洪水泛滥根本原因在于超强厄尔尼诺事件导致的极端恶劣天气。今年长江中下游地区入汛时间较往年提前了10多天，入汛以后遭遇了持续的强降雨袭击，多地降雨量刷新历史记录，部分河流水位出现了有实测资料以来的最高值。南方地区经历了12轮强降雨过程，长江中下游及其以南11个省（自治区、直辖市）平均降雨量比常年同期偏多42%，比1998年偏多31%，是1974年以来最多。南方12轮降雨过程主要位于长江中下游至华南中部一带，累计降雨量普遍在300毫米以上。与1998年同期相比，过程多，范围广，强度更强。

王海说，武汉这次发大水，并不代表三峡没有发挥防洪作用。三峡最大限度发挥拦蓄功能，减少下泄流量，但对于减轻武汉内涝的作用有限。但是如果没有三峡工程在上游的拦洪削峰，下游地区面临的防洪压力更大，长江干流城陵矶水位极有可能超过保证水位。

"武汉城区被淹主要是本地降雨过多导致的。"中国水力发电工程学会副秘书长张博庭在接受记者采访时表示，"在大的洪水到来时，三峡大坝会对水量进行拦截或者错峰，不让它对中下游河道产生巨大的冲击。但是，由于三峡水库的蓄水能力有限，需要维持正常的泄水，以保持一个最佳的库容，随时应对上游可能出现的大洪水。如果没有三峡大坝，长江下游将会出现更大的问题和威胁。在下游遭受洪水时，三峡已经将上游较大的来水量进行了均衡，减少了下游可能遭受更大洪涝灾害的可能和威胁。"

三峡大坝首要功能是防洪

王海认为，作为一个国家重大水利工程，防洪是兴建三峡工程的首要任务，防洪也是三峡工程的首要功能，这是由长江流域的防洪形势和三峡工程在长江防洪体系中的重要地位所决定的。

如果没有三峡工程，荆江河段若遭遇类似历史上出现过的 1860、1870 年特大洪水，两岸堤防将溃决，洪水直趋洞庭湖，淹没江汉平原，直接危及武汉市和京广铁路的安全，冲毁沿线乡村、城镇和工矿企业，势必造成大量人员伤亡和巨大经济损失。

三峡集团有关负责人表示，三峡工程的防洪作用主要在荆江河段，可使荆江河段遇 100 年一遇洪水不分洪；遇超过 100 年一遇至 1000 年一遇洪水，包括类似历史上的 1870 年大洪水，则可控制枝城流量不超过每秒 80000 立方米，加上分蓄洪区的配合运用，可防止荆江地区发生毁灭性灾害。对荆江河段防洪补偿调度方式，重点是防御上游特大洪水，是三峡水库初步设计拟定的最基本调度方式和防洪作用。国家防总给三峡工程防洪任务主要是保证长江荆江河段的防洪安全，三峡水库防洪库容要留下一部分来防范全流域的大洪水。为了防止荆江溃堤的灭顶之灾，防总还会让三峡水库留有余地。当荆江溃堤风险不解除时，库容会留着，即使短期蓄洪，也会尽快恢复。

据了解，三峡大坝自建成以来，很好地发挥了防洪的功能。三峡未建之前，长江流域历史洪涝灾害频发，自汉初至清末 2000 余年间平均每 10 年发生一次，尤其上世纪 1954、1998 年两次流域性大洪水损失惨重。三峡建成之后，通过其 221.5 亿立方米的防洪库容调蓄，将荆江河段的防洪标准由 10 年一遇提高到 100 年一遇。从三峡大坝建成以来十几年的实际运行情况来看，三峡工程发挥了良好的防洪作用，2003 至 2015 年 12 年间共进行防洪运用 38 次，累计拦蓄洪水 1121 亿立方米，尤其成功应对了 2010 年每秒 70000 立方米和 2012 年每秒 71200 两米两次最大洪峰，有效保障了长江中下游防洪安全，减轻了下游地区的防洪压力。

  三峡集团有关负责人表示，防洪是三峡水库的首要功能，三峡集团在汛期要严格服从国家防总和长江防总的调度指令，不能自行其是。目前，长江干流已建成的由三峡集团公司负责运营管理的有4座水库，加上在建的2座水库，总防洪库容约380亿立方米。所有水库建成运行以后，通过实施梯级水库群的联合防洪运用可进一步提高对长江中下游地区的防洪能力。

         （原载《中国三峡工程报》2016年7月16日2版）

中国气象局局长郑国光：
若无三峡大坝调蓄，98 洪灾或重演

凤凰卫视 8 月 12 日播出的《问答神州》对中国气象局局长郑国光进行了专访。以下为文字实录的部分内容。

记者： 2016 年天气确实非常的异常，入夏之后，各种极端的天气都出现了。

郑国光： 遇上了历史上最强的厄尔尼诺事件，我们叫超强，这过去 60 多年里面只有三次。一次是 1982-1983 年，一次是 1997-1998 年。衡量一个厄尔尼诺的强度，它主要取决于三个要素。第一个要素就是这个地方的海温高于 0.5 度的持续时间有多长；第二个就是它高于平均海温的温度越高，它的强度越强；第三个，整个高于 0.5 度累积的海温高出的程度越大，厄尔尼诺越强。这次的厄尔尼诺持续时间是 21 个月，1998 年是持续了 14 个月。

记者： 那今年其实入夏以来，不论是大雨、大水、龙卷风这种急剧的天气变化，这些现象我们在年初有预测到吗？

郑国光： 对整个今年的总体气候状况我们年初是做出了一个预测。比如说今年，降水量偏多，涝重于旱，长江流域包括东北，可能会出现严重的汛情，而且预测了今年台风偏少，台风的平均强度可能偏强。从目前情况来看这种大的气候年景，气候的趋势，预测是基本把握了，也

是基本正确的。但是具体到某一个地方，某一次灾害，这预测难度就加大了。

社会上经常在炒作，说因为三峡大坝导致了某某某地方出现严重洪涝，对此出现的，某某地方又出现了严重干旱，都和三峡工程挂起钩来。说实话三峡工程和其他国际上大的水利工程相比，它对气候的影响，对局地气候的影响非常有限。三峡大坝20公里范围以内的气候有一些影响，比如说冬季温度可能偏高一些，但是降水量没有发生明显的一些变化。因为一个地方水量的增多，它不是因为局地水循环造成的，我们叫水的内循环。其实对长江流域的强降雨，大部分水汽是从海上输送过来的，我们说季风带来了很多水，输送很多的水汽，然后转化到长江流域下来。

记者了解到，2016年入汛以来，持续的强降雨已经导致了中国长江中下游地区爆发严重洪水。多座城市呈现了严重的内涝，进入了"看海"模式。武汉，历史上被称为"百湖之城"，连续多日的降雨，也突破了武汉自有气象记录以来，周持续降水量的最大值。全城150多处被淹，交通瘫痪，部分地区的电力和通讯中断，道路、建筑被淹的图片和视频在网络上频频出现。在2016年的7月5日到6日，李克强总理连续到安徽的阜阳、湖南的岳阳和湖北武汉考察长江、淮河流域的防汛抗洪和抢险救灾的工作，而郑国光也是随行人员之一。

记者：当时您看到的情况是怎么样，您跟总理做了什么样的交流？

郑国光：那一天我们到了武汉，确实武汉14个小时下了380多毫米的雨，而且也创造了武汉单日降雨量的纪录，被我们也赶上了。如果没有三峡的话，它这个调蓄洪水功能的话，今年武汉的汛情可不是像这样。

记者：今年三峡起了什么作用？

郑国光：比如说我们当时在的时候，上游整个入库的水量是五万方。

记者：就上游其实水量也不少。

郑国光：但是它下削的水量不足三万方，它调了。没有三峡，水都会排下来，那武汉，整个长江中下游的水位可不是这么样的，那可能就会重演 1998 年那种情形。所以我们从气象、气候科学的角度来看，今年三峡在防汛当中真是发挥了巨大的作用。

（原载《中国三峡工程报》2016 年 8 月 20 日 1 版）

国家防总：三峡工程
越到关键时刻越能体现作用

中新社记者 李晓喻

中新社北京 7 月 14 日电 针对外界关注三峡工程在防洪中的角色，中国国家防汛抗旱总指挥部办公室官员 14 日在北京回应称，三峡"越到关键时刻越能体现作用"。

目前，中国防洪形势仍然严峻。据国家防总数据，截至 7 月 13 日，中国已有 28 省（区、市）1508 个县遭受洪涝灾害，受灾人口超过 6000 万人，因灾死亡 237 人，直接经济损失近 1470 亿元人民币。

谈及三峡工程在防洪中的作用，国家防总督查专员、新闻发言人张家团当天在发布会上称，今年长江第 1 号洪水在三峡库区形成，当时入库洪峰流量每秒 5 万立方米，三峡水库控制出库流量每秒 3 万多立方米，消化了 40%；第 2 号洪水在中下游形成，地处上游的三峡水库消化了 30%，减少了下游每秒 1 万多立方米的流量，"对下游缓解压力起了很大作用"。

"三峡越到关键时刻越能体现作用"，国家防总防汛一处官员黄先龙指出，三峡工程的防洪作用主要体现在两个方面。

一是对长江防洪最关键河段之一荆江河段的防洪作用。三峡工程可将荆江河段防洪标准从十年一遇提高到百年一遇。如果遭遇千年一遇洪水，可保证荆江大堤不发生毁灭性灾害。

二是对城陵矶河段的补偿运用。即在城陵矶防洪形势紧张，但三峡上游来水不多的情况下，可以动用部分防洪库容，为城陵矶进行补偿调度。

（原载《中国三峡工程报》2016 年 7 月 16 日 1 版）

三峡工程真的给长江中下游防洪帮倒忙了吗？

国务院发展研究中心研究员　王亦楠

当 1998 年那场刻骨铭心的特大洪灾已过去整整 18 年之后，今年的洪涝灾害再次以南方多省份人民群众生命财产严重受损的方式警示我们：我国抵御洪涝灾害的能力与经济社会发展程度、人民群众的需求还有着较大差距。

不能把社会公众对洪灾的关注和反思导入歧途

洪水是天灾，但并非人类无法抗拒的天灾。反思此次灾情严重的原因并积极寻找应对之策，正吸引着全国上下、社会各界的密切关注，网络上也不断出现来自各个角度的分析和探讨，比如"房地产开发侵占了湖泊湿地""森林植被破坏使水土流失""堤防巩固投入严重不足""城市排水管道标准落后"等等。本来讨论的核心一直围绕着"泛滥成灾的暴雨洪水为何无处存放，该如何提高洪水吸纳能力"，然而反水电水利的势力却趁此洪灾引发社会高度关注之际，试图再次把社会大众的理性反思引向歧途、引向与根治洪灾完全背道而驰的方向。比如，网络上盛传"三峡水库在给长江中下游防汛帮倒忙""大江大河已被水利工程的水泥捆住了手脚，人类自然会遭到报复"，进而又延伸至"三峡工程就不该上马、迟早要炸掉、早拆比晚拆好""要跳出落伍的思维，应拆掉堤坝、还地于河，与自然握手言和"，甚至还有"研究结果表明，即使把我国所有防洪堤、所有大坝全部都炸掉，洪水淹掉的国土面积也就占全国 0.8%-6.2%"等等，很多以声讨三峡等水电水利工程为目标的观点和文章随着大洪水在网络上的泛滥，吸引了无数眼球，甚至得到一些高知阶层的响应和共鸣。

在这样的网络氛围下，一个用常识就可以判断的大道理似乎不仅没有让大家更清醒，反而更模糊起来，这就是："假如没有三峡等水库大坝拦蓄所在河流上游的洪水，那么今天暴雨内涝成灾的武汉等地的抗洪

图为 7 月 24 日的三峡大坝 （本报特约记者 郑斌 摄）

压力又该是什么样呢？""在这些人口最稠密的长江中下游地区，拆掉所有堤坝，让自然自我调节，岂不是让数千万百姓一瞬之间命丧洪水猛兽吗？洪水固然会短则几天、长则数周慢慢消退，但被吞噬的生命还能复苏吗？"

欧美发达国家到底是怎样治理江河水患、提高抵御洪旱灾害能力的，笔者已在《妖魔化水电要不得——"建设生态文明"须先走出"生态愚昧"的认识误区》（载于《中国经济周刊》2016年第27期）一文做了介绍。与网络上盛传的"生态治江""解放被束缚的'自然的大脚'"恰恰相反，在天然水资源时空分布不均、矛盾远不如我国严重的情况下，发达国家无一不是依靠大力发展、不断巩固水利水电工程来根治洪灾的。当前我国南方的洪涝灾害恰恰说明我们的水利水电工程不是太多了，而是太少了，三峡水库的地理位置决定了它只能拦蓄长江上游的洪水，无法包揽整个长江流域。

鉴于目前社会上对"三峡工程与中下游洪涝灾害的关系"非常关切，其中也不乏各种各样的调侃和疑问，因此有必要把三峡工程的防洪设计是怎么考虑的、三峡大坝建成后在防洪方面到底发挥了多大作用、今年三峡大坝有没有给中下游城市帮倒忙、为何在下游已经内涝成灾时还要泄洪等关键问题，给社会大众解释清楚。

三峡工程建设的首要目标是确保荆江大堤的防洪安全

万里长江，险在荆江。1998年百万官兵以血肉之躯在荆江大堤上严防死守的情景至今令国人难忘。荆江是长江从湖北枝城到湖南岳阳城陵矶的河段，全长360公里，因地势平坦洪水宣泄不畅，上游洪水又常与湘水、资水、沅水、澧水及清江、沮漳河相遇，荆江洪水位常常高出堤内10多米。明清史料记载，荆江大堤溃口平均10年一次。荆江大堤一旦决口，对江汉平原1500万人和2300万亩耕地造成的严重后果，和目前武汉等地的严重内涝相比，正如网上一个形象比喻"是灭顶之灾和打

图为湖北省荆州市长江边荆江大堤观音矶所在地，在矶头左侧护栏下的一条红色标志记录下了1998年洪水沙市站的最高洪水位45.22米。据荆州市水利局网站数据，今年入汛以来，沙市站最高水位未超过该水位（本报记者　孙荣刚　摄）

湿脚的区别"。自古以来，荆江大堤的防洪就是中华民族的心腹之患。

长江上游 2/3 是山区，中下游则以平原为主。三峡正是长江上游来水进入中下游平原河道的"咽喉"所在，三峡大坝得天独厚的地理位置正好使长江上游得以形成 600 多公里长的狭长河道型水库，充分吸纳长江上游洪水，提高荆江河段的防洪标准。

三峡工程对不同严重程度洪水的防洪设计标准

三峡工程防洪库容 221.5 亿立方米，对"百年一遇""千年一遇""万年一遇"的洪水的防洪设计参数如下：

- 确保荆江河段的防洪标准从"十年一遇"提高到"百年一遇"。遇到"百年一遇"（洪峰流量超过 83700 立方米 / 秒）洪水时，经三峡水库调蓄后，可控制湖北枝城流量不超过 56700 立方米 / 秒（这是沙市或荆江大堤安全通过的流量）、沙市水位不超过 44.5 米，可不启用荆江分洪区或其他分蓄洪区。此时，三峡水库的最高蓄水位仅为 166.7 米，滞蓄洪水量为 143.3 亿立方米，尚有一定备用防洪库容。

- 如果遇到"百年一遇"以上的洪水，三峡水库的泄洪要始终控制沙市水位不超过 45 米。

- 如果遇到"千年一遇"（洪峰流量超过 98800 立方米 / 秒）的洪水，三峡工程与荆江等多个分蓄洪区联合，可保障荆江大堤安全。如果遇到 1870 年那样的大洪水（洪峰流量超过 105000 立方米 / 秒），通过上述联合调度，可避免江汉平原发生毁灭性灾害。

- 如果遇到"万年一遇加 10%"校核大洪水（洪峰流量超过 124300 立方米 / 秒），三峡大坝的坝体能"固若金汤"、确保安全（注意：这里与前面不同，指的是大坝本身的安全）。但这样的大洪水，在三峡历史上的大洪水调查中，从未发生过。

所以，三峡大坝的防洪能力并非网上调侃"从原来宣传的'万年一遇'不断下跌到'千年一遇''百年一遇'"，而是针对历史上不同严重程度洪水发生时的抵御能力设计。

三峡工程建成后在防洪方面到底发挥了多大作用？

1998 年特大洪灾的最大洪峰流量是 63200 立方米 / 秒。自 2008 年三峡大坝建成后，三峡水库已 36 次进行防洪调度、成功拦洪错峰，多次经受了比 1998 年更大规模洪水的考验。表 1 为三峡水库 2008-2015 年汛期防洪的调度统计（特别需要强调的是，三峡水库在每年 6 月 10 日 -9 月 30 日的汛期期间，由国家防总和长江防总指挥调度，也就是三峡集团本身无权决定何时蓄洪、何时泄洪、以多大流量下泄），从中可见，2010 年和 2012 年最大洪峰流量均显著超过了 1998 年，但正因为有了三峡水库，得以把洪峰从 70000 多立方米 / 秒一下子削减到 40000 多立方米 / 秒，确保了长江中下游一片安澜，与 1998 年是天壤之别。

2010 和 2012 年比 1998 年更波涛汹涌的特大洪水被三峡水库波澜不惊地拦下，而 2013-2015 年的汛情又没有以前严重，难怪这次三峡水库下游省份遭遇洪灾后，有人说"已经很多年没有感受到洪水的威胁，都有些淡忘了"。的确，如果没有三峡工程，2010 年、2012 年又会是什么情景，不堪设想。

三峡大坝到底有没有给今年长江下游城市防洪帮倒忙？

如果没有三峡大坝拦蓄长江上游洪水，今日武汉等地的抗洪压力会更大。6 月 30 日起三峡水库入库流量迅速上涨。7 月 1 日 14 时，三峡水库迎来 2016 年汛期"长江 1 号"洪峰——首个达到 50000 立方米 / 秒的洪峰。根据长江防总的统筹安排，洪水经三峡水库调蓄后，以 31000 立方米 / 秒的流量匀速下泄，最大削峰量 19000 立方米 / 秒，近四成的洪水流量被削减。试想，如果长江上游的洪峰与中下游强降雨形成的洪水叠加在一起，今天的武汉等地又会是什么压力。

那么，三峡水库为什么在下游城市已经洪涝成灾的情况下还要泄洪呢？因为，今年的汛期还远未结束，三峡水库必须腾出一定库容，随时准备迎接来自长江上游的、灾害后果也最严重的大洪水，确保其不要给长江中下游地区带来"灭顶之灾"。

考察历史上5个大洪水年一次洪峰的7天洪水总量（详见表2），均超过了三峡水库的防洪库容，而且这样的洪峰在当年汛期都不止一次出现，比如1954年出现3次，1998年竟高达8次。

因此，当洪峰到来时，三峡水库绝不能采用一次性就蓄水到175米的防洪调度方式，而只能把超过水库下游安全泄量的洪水拦蓄在水库里，才能保证中下游防洪安全。比如，一旦遇到类似1998年8月7日-13日63200立方米/秒的洪峰，通过三峡水库将其削减到43200立方米/秒，7天只需拦蓄洪水121亿立方米、下泄229.4亿立方米，就完全可以保

2008-2015年三峡水库汛期防洪调度统计

年份	入库最大洪峰（立方米/秒）	出现时间	出库最大流量（立方米/秒）	最大削峰量（立方米/秒）	蓄洪次数	总蓄洪量（亿立方米）
2008	41000	8月15日	39000	0	0	0
2009	55000	8月6日	39600	16300	2	56.5
2010	70000	7月20日	40900	30000	7	264.4
2011	46500	9月21日	29100	255000	5	187.6
2012	71200	7月24日	45800	28200	4	228.4
2013	49000	7月21日	35000	14000	5	118.4
2014	55000	9月20日	45700	9300	10	175.1
2015	39000	7月1日	31000	8000	3	75.4
合计					36	1105.8

数据来源：长江防汛抗旱总指挥部官方网站信息

表1

历史上5个大洪水年的宜昌水文站7天实测洪水总量

时间	最大洪峰流量（立方米/秒）	7天洪水总量（亿立方米）
1931年8月7日至13日	64600	350.4
1935年7月2日至8日	56900	283.3
1954年8月2日至8日	66100	385.3
1998年8月7日至13日	63200	350.4
2010年7月20日至27日	70000	288

数据来源：《百问三峡》（科普出版社，2012）

表2

证水库下游的防洪安全。在此情况下，三峡水库尚有 100 亿立方米的防洪库容，加上继续下泄 43200 立方米 / 秒所腾出的库容，即使第二次洪峰紧接着到来，三峡水库也能从容应对，保证水库中下游安然无恙。

　　为何中国、印度、孟加拉等发展中国家的洪旱灾害总是特别频繁、特别严重，而发达国家却"风调雨顺"，根本原因就在于水电水利建设的滞后。在我国蓄水能力还远远不足，而长江中下游的稠密人口又无法彻底搬迁给洪水让路的国情下，若国内再掀起新一轮对水电大坝、防洪大堤的声讨，进而用"拆掉所有堤坝"来"治理江河水患"的话，无异于是把整个国家和民族引向更深重的灾难之中。

为消除荆江水患，确保荆江大堤安全，1952 年，中央批准兴建荆江分洪工程。1998 年，长江流域发生特大洪水，荆江分洪区北闸曾进入紧急分洪准备状态。三峡工程建成后，分洪区将与之搭配使用，运用的频率从 10 年一遇提高到 100 年一遇。近年来，"休养生息"的北闸已建成旅游风景区，被评为"湖北省文物保护单位"，国家级重点文物保护单位，"省水利风景区"，国家级 3A 风景区

央视《新闻调查》
深度解读三峡工程防洪能力

本报讯　2016 年 7 月 30 日晚 9 点 25 分，中央电视台《新闻调查》以《2016 洪峰过三峡》进行深度报道，对长江中下游防洪形势进行了全面调查，对三峡工程的防洪能力、防洪调度方式进行了客观、科学、翔实解读。

今年入夏，长江流域暴雨成灾，三峡大坝再成舆论焦点。

2016 年 7 月 1 日 14 点，今年的第 1 号洪峰在长江上游形成，尽管每秒 5 万立方米的流量与历史最高记录相比还有差距，但由于前期降雨已经导致长江中下游的支流同时涨水，局部洪涝灾害频发，假如不采取任何措施，中下游地区将不堪重负。长江水利委员会防汛抗旱办公室发出了对三峡水库的调度令，三峡水库控泄每秒 31000 立方米，最大削峰 19000 立方米每秒，避免了长江上游洪水与中下游洪水的相遇叠加；7 月 8 日至 15 日，三峡控泄 20000 立方米每秒，成功错峰避免了中游城陵矶站超保证水位。7 月 18 日 8 时，经过多轮次的拦洪、削峰、错峰，三峡水库已累计拦蓄洪水近 70 亿立方米，为长江中下游防洪减灾发挥重要作用。

《新闻调查》是中央电视台唯一一档深度调查类节目，时长 45 分钟。

（原载《中国三峡工程报》2016 年 8 月 3 日 1 版）

央视《新闻调查》2016 洪峰过三峡

今年入夏以来，长江流域汛情告急，三峡工程在长江防汛工作中发挥了怎样的作用呢？

今年夏天，长江流域暴雨成灾，抗洪成为了当下的热搜词。三峡工程，作为长江流域最为重要的水利枢纽工程，在长江流域防汛工作中所发挥的作用，引起普遍关注。

长江，自西向东，横贯中国中部地区。长江流经湖北沙市的河段属枝城到城陵矶河段，又称荆江。俗语说：万里长江，险在荆江。荆江历来被视为长江流域防汛形势最为险要的河段。长江水在此河段摆脱了上游高山峡谷的阻挡，直泻人口稠密的江汉平原，自古以来，荆江水患不断。

三峡工程解决了荆江的防汛难题

坐落荆江北岸的荆江大堤，全长 182.35 公里，属国家一级堤防，保护江汉平原 1100 万亩耕地，养育近 1000 万人。荆江大堤对当地百姓生产生活的重要性不言而喻。在 1998 年的特大洪水中，为了保住荆江大堤的安全，十万军民依靠人海战术，严防死守整整 91 天。根据 1990 年修订的《长江流域综合利用规划简要报告》规定，防汛形势严峻的荆江河段防洪标准应达到 100 年一遇，才能有效防止毁灭性洪灾的发生。

1998 年特大洪灾后，尽管荆江大堤进一步被整险加固，但是，荆江

大堤自身只能够防御 10 年一遇的洪水，配合蓄滞洪区的使用，能抵御 20 年至 40 年一遇的洪水，这与《长江流域防洪规划》中规定的荆江大堤需抵御百年一遇洪水的目标，仍有差距。

由于荆江河段上游的来水量和河道的安全泄洪量存在差异，荆江实际过洪能力是 53700 立方米 / 秒，而百年一遇的洪峰流量是 83000 立方米 / 秒，通过三峡工程水库的调蓄，下泄流量减至 55000 立方米 / 秒，荆江大堤抵御百年一遇洪水的目标便可达成。

2003 年，国家防汛抗旱总指挥部提出防汛的观念要从控制洪水向管理洪水进行转变，其主旨是要将洪水视为一种自然资源，在科学运用水库、蓄滞洪区、库容调度等工程和非工程性措施的情况下，减少灾害，并充分利用洪水资源，实现人与自然的和谐共处，而三峡工程则被视为"管理洪水"体系中极为重要的一环。

长江水利委员会防汛抗旱办公室等相关水利部门利用包括三峡在内的上游水库群，实现长江上游水库群的防洪联合调度，预留防洪库容，有计划地拦蓄洪水，降低下游河道的压力，减少洪涝灾害。在今年 7 月 1 日，长江上游形成的 1 号洪峰以 50000 立方米 / 秒的流量进入三峡库区之时，长江水利委员会防汛抗旱办公室发出了今年对三峡库区的第一份调度令：三峡水库控泄 31000 立方米 / 秒，削减洪峰 38%，同时联合调度金沙江、雅砻江和大渡河等上游干支流水库配合三峡水库同步拦蓄洪水，维持三峡入库流量在 30000 立方米 / 秒。

三峡工程影响长江下游的防汛调度

洞庭湖位于长江下游地区，该区水系复杂，从地理方位上看，北有松滋河、虎渡河、藕池河、西南有湘江、资江、沅江、澧水，东南则有汨罗江和西江河，这九条主要支流在注入洞庭湖后，又在城陵矶与荆江汇合注入长江干流。一直以来，洞庭湖也是长江防汛的重点地区之一。

洞庭湖上游的城汉河段，由于其水量大于洞庭湖流出的水量，因此，很容易形成对洞庭湖水的顶托，造成湖水无法下泄、水位高涨的险情，进而影响洞庭湖支流的排水，导致周边流域洪涝灾害发生。2014年，洞庭湖支流新墙河水位高居不下，其堤坝被扒口分洪。

为了保障洞庭湖区的防汛安全，自2003年起，水利部门经调研后优化了三峡水库调度方案，在考虑区间流量变化的情况下，通过控制三峡的泄量，降低较远地区的水位。上下游联合调度，二十多座水电站共同协力合作，三峡的防洪库容从原本的145米汛限水位增至155米，后又升到158米，原本预留的56.5亿库容变成约70亿的防洪库容，可应对城陵矶的防洪布商，减轻洞庭湖水系的防洪压力。

三峡工程对周边水域的防汛作用有限

洪湖边上的高潮村，距离三峡大坝328公里，常年受洪涝灾害的影响。洪湖水位的上涨，往往影响村民们正常的生活。

在上个世纪70年代，高潮村开展围湖造田运动，修堤筑坝。高潮村的村民都居住在堤坝上，外侧是洪湖，内侧是水产养殖的围垸。水产养殖是高潮村的主要经济来源，每年小龙虾和大闸蟹给高潮村带来的户均收入大约在30万上下。然而，当洪湖水漫过堤坝，甚至溃口，村民们损失惨重。

高潮村所面临的困境也是长江中下游地区局部内涝灾害频发的一个缩影。在1998年特大洪水发生后，长江干流堤防的建设得到加强，三峡水库及上游水库群的联合调度也确实缓解了干流的汛情，但是这并不意味着长江流域就能免除降雨带来全部问题。

三峡工程，是长江防汛抗洪工作中不可或缺的重要部分，在一定程度上保卫了河道安全，通过调度、蓄洪等方案缓解了周边河网水系的泄洪压力，为实现人水和谐起了骨干核心作用。

（中央电视台《新闻调查》栏目　2016年7月30日）

国家防总：长江抗洪取得阶段性胜利

新华社记者　刘红霞

新华社北京 8 月 1 日电　国家防总 1 日晚宣布，长江中下游干流及洞庭湖、鄱阳湖水位已全线降至警戒水位以下，长江防汛抗洪工作取得阶段性胜利。

国家防总通报显示，7 月 31 日 23 时，鄱阳湖湖口站水位退至 19.49 米，低于警戒水位 0.01 米。8 月 1 日 8 时，长江中下游干流及两湖主要控制站水位低于警戒水位 0.04 至 1.08 米，三峡水库水位 152.82 米，较 7 月 22 日 7 时最高水位的 158.50 米回落 5.68 米。

据了解，入汛以来，长江中下游干流及两湖水位累计超警天数达 12 至 29 天，历时为 1998 年以来最长。最高峰时超警堤段长达 1.1 万公里，其中干流堤防 2950 公里。长江中下游五省日投入堤防巡查防守和抗洪抢险人力最高达 87 万人，其中部队官兵 3.2 万人。

据悉，水库群联调联控在此次长江防汛抗洪工作中效果显著。三峡水库较规定日期提前 5 天降至汛限水位，长江上中游 30 余座大型水库协同联调，共拦蓄洪水 227 亿立方米，避免了荆江河段超警和城陵矶地区分洪。

虽然长江中下游干流及两湖水位已退至警戒水位以下，但一些中小河流及内湖圩垸水位仍然较高，仍有 2000 余公里堤段水位超警。国家防总已发出通知，要求沿江五省继续做好退水期堤防巡查防守，尽快开展中小河流及内湖圩垸等抢排涝水，利用有利时机抓紧水毁修复。

（原载《中国三峡工程报》2016 年 8 月 3 日 1 版）

国家防总：以三峡水库为龙头的长江干支流水库群联调发挥巨大防洪效益

新华社记者 林晖

新华社北京 7 月 24 日电 国家防汛抗旱总指挥部办公室 24 日通报显示，今年汛期，以三峡水库为龙头的长江干支流水库群协同作战，拦洪蓄洪、削峰错峰，实现了江湖两利、避免分洪的目标，防洪减灾效益巨大。

据初步分析，6 月 30 日以来长江上中游城陵矶以上主要水库共计拦蓄洪量 227.2 亿立方米，其中三峡水库拦蓄 75 亿立方米，上游其他水库合计拦蓄 95.5 亿立方米，清江和洞庭湖水系水库合计拦蓄 56.7 亿立方米。水库群拦蓄洪水分别降低荆江河段、城陵矶附近河段、武汉以下河段水位 0.8 至 1.7 米、0.7 米至 1.3 米、0.2 米至 0.4 米。

若没有水库群拦蓄，长江中下游干流荆江河段将全线超警，增加超警长度 250 公里。中游河段将两次突破分洪保证水位，莲花塘站最高水位接近 35 米，比实际洪峰水位高 0.7 米，超保证水位时间 7 天，超额洪量约 30 亿立方米。按照洪水调度方案，需要动用洞庭湖区大通湖东和钱粮湖两个蓄滞洪区，区内 52 万亩耕地将被淹没，38 万人需要转移安置。

　　国家防总有关负责人表示，通过精细调度和联合调度，实现了三峡水库风险可控、洞庭湖不分洪、荆江河段不超警、长江重要堤防无溃口性险情等多重目标。目前长江中下游干流及两湖水位处于退水态势，预计 7 月底、8 月初将全线退出警戒水位。

（原载《中国三峡工程报》2016 年 7 月 27 日 1 版）

洞庭湖防洪，三峡给力

三峡水库对城陵矶地区实施防洪补偿调度

《湖南日报》记者 柳德新

通讯员 于思洋 柳潇

湖南日报7月3日讯 继2016年长江1号洪峰7月1日14时被三峡水库拦蓄后，2016年长江2号洪峰3日又在长江中下游干流形成。当日17时，洞庭湖城陵矶站水位超过警戒水位。洞庭湖防洪，三峡水库能否给力？

湖南省防汛办今天向记者透露，国务院2015年下半年批复的《长江防御洪水方案》，明确了三峡水库对城陵矶地区实施防洪补偿调度，即：三峡水库水位在145米至155米之间的56.5亿立方米防洪库容，用于对城陵矶地区的防洪补偿。曾参与讨论《长江防御洪水方案》的湖南省防汛办有关负责人介绍，这相当于增加了一个荆江分洪区的库容。但三峡水库水位达到155.0米时，在155.0米至171.0米之间，调度方式就重点考虑荆江河段的防洪需求了；在171.0米至175.0米之间，三峡水库剩下的防洪库容则用于防御上游特大洪水。

此前的6月5日14时，三峡水库水位下降到145.79米，提前5天

湖南日报——洞庭湖防洪三峡给力

　　完成今年汛前消落任务，腾出防洪库容。7月1日14时，三峡水库入库流量达到50000立方米每秒，为今年入汛以来三峡水库迎来的最大洪峰。三峡水库开启对城陵矶地区的"防洪补偿调度模式"：控制出库

流量 31000 立方米每秒左右，削减洪峰流量 19000 立方米每秒，削峰率达 38%，此后一直按 30000 立方米每秒左右均匀下泄，有效减轻了中下游防洪压力。

截至今天 14 时，三峡水库水位 151.37 米，距 155 米水位还有 23.3 亿立方米的防洪库容。

（原载《中国三峡工程报》2016 年 7 月 9 日 3 版）

保荆江河段防汛安全：
三峡必不可少，分蓄洪区也很重要

三峡梯调中心专家详解三峡防洪能力

中新社记者　郭晓莹

中新社湖北宜昌7月8日电　近日，长江中下游沿江地区及江淮、西南东部等地遭遇强降雨过程，部分地区洪涝灾害严重。随着长江中下游地区主雨带逐渐北移，上游新一轮洪峰正在形成，防汛形势依然严峻，三峡工程再临防洪"大考"。

三峡水利枢纽梯级调度通信中心主任赵云发接受中新社记者专访，详细解读了三峡防洪能力。他强调，三峡水库只是长江防洪工程体系的重要组成部分之一，而非唯一。

赵云发说，三峡水库防洪作用体现在三个方面，即拦洪、削峰和错峰，三峡水库221.5亿立方米防洪库容通过科学调度可反复蓄泄、重复利用。

据三峡水利枢纽梯级调度通信中心数据，393亿立方米是175米水位相应的总库容，事实上，万年一遇加10%的校核标准洪水的最高调洪水位为180.4米，对应的库容为450亿立方米。也就是说，当水库遭遇超设计标准的极端大洪水时，在非正常运用情况下，三峡水库总库容可以达到450亿立方米。

赵云发强调，三峡水库只是长江防洪工程体系的重要组成部分之一，而不是唯一。三峡水库在设计时，防洪部分主要考虑了保坝和保护下游荆江河段防洪安全，根据保护对象的重要性差异，分成了三级防洪设计标准，并规定了每一级承担的任务。

第一级，百年一遇设计标准，是针对下游荆江河段的防洪标准。当发生百年一遇洪水时，利用三峡水库调蓄洪水，可在不启用荆江分洪区和其他分蓄洪区的前提下，保证荆江河段的防洪安全。

第二级，千年一遇设计标准，是针对三峡枢纽正常运行的防洪标准。当发生千年一遇洪水时，保证三峡工程自身的正常运行不受影响，但荆江河段的防洪安全，必须联合三峡水库、其它水库、荆江分蓄洪区等防洪工程共同承担。

第三级，万年一遇加10%的设计标准，是针对三峡枢纽非正常运用的防洪标准。当发生该标准洪水时，可确保三峡大坝安全。

"必须强调的是，这三级防洪标准是有机联系的整体，共同构成三峡水库防洪设计的基本条件，客观反映了三峡水库针对不同级别洪水的防洪能力，这种防洪能力从来没有发生过任何变化。"

赵云发说，一次洪水过程包括洪峰流量和洪水总量两个重要指标，两者综合考量才能完全反映三峡水库防洪能力。

历史数据资料显示，1870年宜昌洪峰流量最高达每秒10.5万立方米，15天洪量为975.1亿立方米，30天洪量为1650亿立方米。而根据三峡水利枢纽梯级调度通信中心数据，三峡水库千年一遇设计洪水的洪峰流量为每秒9.88万立方米，15天洪量为911.8亿立方米，30天洪量为1590亿立方米。

显然，1870年的洪峰流量和洪量均超过了三峡千年一遇设计洪水标准。这样的大洪水，三峡能否抵挡得住？

赵云发说，若遭遇1870年大洪水，按设计调度方案执行，三峡最高水位可能高于 175 米，利用目前先进的信息系统、气象水文预报，加上科学的调度决策，可以控制三峡水库水位在 175 米范围，三峡工程可保正常运行，并可发挥其千年一遇洪水的防洪作用。

"当然，下游荆江河段的防洪安全，光靠三峡就难以保证了。"赵云发说，只有实现三峡水库、流域其他水库、荆江分洪区，以及其他分蓄洪区的联合运用，才能保证荆江河段的行洪安全，避免江汉平原发生毁灭性灾害。

（原载《中国三峡工程报》2016 年 7 月 13 日 1 版）

抗洪硬较量中的防汛软实力

《光明日报》记者　陈晨

　　湖北武汉，一场几乎不间断的强降雨让这座城市被洪水包围。据武汉市防汛办发布的数据，截至 6 日 10 时，武汉主城区 14 小时降水 229.1 毫米，这场自 6 月 30 日 20 时开始的强降雨，一周持续降水量突破武汉市有气象记录以来最高值。

　　在各方全力救援的同时，长江中下游干流全线超警戒水位，长江水利委员会对三峡水库下达调度令，从 7 月 6 日 9 时起，减少出库下泄流量，从原来的 31000 立方米每秒，减少至 25000 立方米每秒。

　　调度，使得三峡水库尽全力挡住上游来的江水，不让下游的情况继续恶化。

　　这，也是抗洪的一种方式。在抗洪硬较量中，预报预警、科学调度等防汛软实力如何发挥作用？

预测预警：做好"防汛耳目"

　　7 月 6 日 8 时，太湖水位涨至 4.80 米，超保证水位 0.15 米，成为历史第二高水位。

水利部水文情报预报中心主任刘志雨对这个数字并不感到陌生。早在7月1日，刘志雨就曾和他的同事们提出太湖水位可能在7月突破4.80米的意见。时间再向前推，6月15日，水利部水文情报预报中心提前3天精准预报出西江大藤峡不超围堰安全泄量，西江将出现2016年第一号洪水。

光明日报——抗洪硬较量中的防汛软实力

一直以来，水文测报被称为"防汛耳目"，及时精准地测报洪水，是科学调度的基础。坚守在全国各大小江河上的一万多名水文职工都深知，预测预报工作如果能早一点、准一点，防汛工作就能赢得更多主动。

7月6日中午，在接受本报记者采访时，一张刚打印出的长江中下游干流及两湖最新水情信息表和一张太湖最新水情信息表送到刘志雨手边。隔壁的会商室里，大屏幕上显示着最近一天超警江河分布图。"目前，我们可以在20分钟内收集全国9万多处水文报汛站的实时信息，在两小时内制作发布全国170多条主要江河、2300多个河道及水库湖泊的洪水预报。"刘志雨告诉记者，目前，全国水文系统共有各类水文测站99575处，是"十一五"末期的2.4倍，初步形成覆盖江河湖库、布局合理、观测项目齐全、整体功能较为强大的水文站网体系，实现了对基本水文情势的有效控制。

国家防总秘书长、水利部副部长刘宁曾指出，根据专家学者统计，水文预报如果能够提前半天到一天，可以减少灾害损失五分之一到三分之一。

科学调度：化解汹涌洪峰

7月4日14时，湖南资水中游柘溪水库出现1962年建库以来最大入库流量，达20400立方米每秒，水库适时拦蓄洪水，相应出库流量5000立方米每秒，削减洪峰流量15400立方米每秒，削峰率75%。根据估算，如果没有柘溪水库拦蓄洪水，资水下游水位至少增加3米，将全线漫堤，益阳市区、桃江县城将遭受灭顶之灾。

如何通过科学调度让水利工程化解狂涛巨浪、减轻防洪压力？"通过科学研判，适时调度水库、水电站等工程，提前预泄水量，发挥水库拦洪削峰作用；运用河道行洪时差，有效避免干支流或上下游洪峰叠加，都可以发挥水利工程的防灾减灾效益。"国家防办新闻发言人张家团告诉记者。

备受各界关注的长江流域防汛也始终离不开科学调度手段。为减轻长江中下游防洪压力，长江防总下达调度令，要求从7月6日9时起，三峡减少出库下泄流量，从原来的日均31000立方米每秒，减少至日均25000立方米每秒。

水利部长江水利委员会主任刘雅鸣表示，长江流域目前已基本形成以堤防为基础，以三峡水库为骨干，其他干支流水库、蓄滞洪区、河道整治工程相配套的防汛抗旱工程体系。长江流域在干支流上已建成水库5万多座，总库容3500多亿立方米。

从被动适应洪水，到控制与防御洪水，再到有意识地主动适应洪水、利用洪水，在与洪水的较量中，调度理念实现了从"控制洪水"到"洪水管理"的转变，科学防汛软实力在抗洪硬较量中发挥着越来越重要的作用。

（原载《中国三峡工程报》2016年7月9日3版）

万里长江保安澜

《经济日报》记者　瞿长福　李华林

8月下旬，长江"七下八上"主汛期结束。这条中华民族的母亲河，安然度过了本世纪以来最大的一次洪水考验。

今年入汛以来，长江流域发生了 31 次降雨过程，共有 145 条河流发生超警戒水位洪水，长江中下游监利以下干流及两湖水位全线超警。面对罕见汛情，长江大堤岿然不动，大中型水库无一垮坝，大江大河干堤无一决口，江河湖库险情得到有效控制。万里长江，是如何确保安澜的？

早预报、早部署，把握防汛主动权

在武汉市江岸区沿江大道江滩，伫立着一座超过百岁的水文站——汉口水文站。

汉口水文站办公楼内，监视屏上实时显示着汉口江滩、武汉关江面等地的水文情况。7 月 4 日，汉口站水位一度达到 28.37 米，是 1870 年以来第五高的水位。强降雨、高水位考验着水文测报能力。长江水利委员会水文局汉口分局局长刘少安说，借助新技术、新设备的投入，长江水文监测、预报预警能力大幅提升。今年对长江 1 号、长江 2 号洪峰及时作出了准确预报，提前 2 天预报监利以下河段全线超警、城陵矶河段接近保证水位，为防洪救灾部署争取了宝贵时间。

作为防汛的耳目，洪水预报、水文测报是科学防洪的技术支撑。与 1998 年相比，当前长江水文监测更智能、更精准。刘少安介绍，1998 年测流使用的是流速仪，测一次要 3 个小时左右，现在用声学多普勒流速剖面仪测流，1 小时就可完成。以前水文报汛都是靠人工打电话，今年，全江 118 个水文站均已实现水位、雨量的自动测报和传输，不仅高效而且更准确。

长江流域的水文监测之所以如此周密到位，得益于国家对水文基础设施的投入。"十二五"期间，国家投入 181 亿元，铺设大量雨量站、水位站。目前，全国水文系统共有各类水文监测站 9.9 万处，初步形成覆盖江河湖库的水文站网体系，实现了对基本水文情势的有效控制。

长江水利委员会防办调度处副处长廖鸿志说，除了强大的水文站网全方位监测水情雨情外，今年各项防汛备汛工作比往年都早。3 月底国家防总就完成了长江流域内 12 个省市的防汛检查，比以往整整提前一个月。

为应对崩岸险情的威胁，中央财政在 4 月划拨 1.5 亿元用于专项整治，国家防总、水利部派出 2 个工作组奔赴长江查看崩岸情况。充足的准备是长江防汛抗洪取得胜利的前提。

联调联控，从防洪、控洪到管洪

1998 年长江全流域大洪水，整个长江干线都疲于防守。廖鸿志说，那时候长江防洪手里没有几张牌，对上游的洪水只能接受，缺乏调节手段。但面对今年的汛情大考，长江抗洪工程已大体建成，"硬牌"在握，基本能从容应对。

廖鸿志介绍，经过 60 多年的防洪建设，特别是 1998 年大水后的灾

后重建，目前长江上游已初步形成了由 21 座水库群、堤防护岸等组成的防洪工程体系，长江中下游也建成了以 3900 公里干流堤防为基础，三峡水库为骨干，其他干支流水库、蓄滞洪区相配合的"钢铁长城"，抵御大洪水的底气更充足。

与上一次长江全流域大水不同，今年长江流域降水主要集中在中下游。这次，长江上游水库的联合调度发挥了大作用。廖鸿志说，7 月 1 日，长江上游 1 号洪峰形成，三峡水库入库洪峰流量 50000 立方米每秒，同时，中下游洞庭湖水系、鄱阳湖水系及巢湖水系等支流也出现涨水。此时，国家防总、长江防总对上中游 25 座水库实施联调联控，三峡水库控泄 31000 立方米每秒，削峰率 38%；金沙江、雅砻江和大渡河等上游干支流水库同步拦蓄洪水，使上下游洪水错峰度过，控制莲花塘水位没有突破 34.4 米的分洪保证水位，实现了城陵矶地区的防洪调度目标。

据统计，6 月 30 日以来长江上中游城陵矶以上主要水库共计拦蓄洪量 227 亿立方米。廖鸿志说，如果今年没有水库群拦蓄，长江中下游荆江河段将全线超警，中游河段会突破保证水位，将面临分洪选择。

三峡大坝高峡平湖 （黄正平 摄）

在无数次与洪水较量的过程中，长江各防汛部门不断总结历史经验，伴随水利工程体系的逐步完善，拦、分、蓄、滞、排并举，从被动对抗洪水，到主动地防御洪水、控制洪水、利用洪水，实现了从"控制洪水"到"洪水管理"的转变。

工程扼守，体系可靠

"三峡在整个长江防汛抗洪中发挥了最核心的作用，是长江防洪体系里的关键一环。"廖鸿志说。从地理位置看，三峡处于长江上游来水进入中下游平原河道的"咽喉"，紧邻长江防洪形势最严峻的荆江河段，对长江上游洪水的控制作用是其他水库不能替代的。从调控能力看，三峡工程有防洪库容221.5亿立方米，可控制荆江河段95%的洪水来量，其控制和调节作用直接有效，是控制进入荆江洪水大小的总开关。

万里长江，险在荆江。湖北省防汛抗旱指挥部副总工程师江焱生认为，荆江大堤是三峡工程最重要的防洪目标之一，位于武汉上游、枝城

下游，是保护荆江以北、江汉以南的重要防线，也是长江防洪重点确保工程。一旦大堤出问题，江汉平原1500万人口和150万公顷耕地将遭遇洪水肆虐，承受巨大损失。

江焱生表示，上世纪末最大的一次洪水，荆州市域长江堤段共发生险情上千处，今年则寥寥无几。这主要得益于三峡工程的拦蓄削峰，长江1、2号洪峰形成时，三峡削峰均在30%以上，大大减轻了荆江大堤的防洪压力。

三峡防洪功不可没。廖鸿志认为，不能说有了三峡，长江就不会再遭洪水；也不能因为出现了洪水灾情，就否定三峡的作用。总体来看，现阶段长江防洪能力比以往大为提高，三峡工程尤其对荆江段防洪具有定海神针的作用。今后，要通过推进三峡水库和上游水库群以及中下游水库的精准联合调度，补齐连江支堤和湖区堤防等薄弱环节，使万里长江永保安澜。

（原载《经济日报》2016年8月27日1版）

专家评述　作用显著

三峡工程对长江中下游防洪成效显著

——专访三峡工程设计专家、中国工程院院士郑守仁

来源：《瞭望》新闻周刊 时间：2016 年 8 月 8 日 "三峡在长江防洪体系里确实是关键一环，作用很大，但不同的气象、水文、洪水情况，效果是不一样的。不能认为有了三峡，长江就不会再遭洪水，给三峡贴'万能'标签；也不能出现了洪水灾情，就全面否定三峡的作用。这两种认识都是片面的、不科学的、不客观的。"

7 月上中旬，长江中下游干流持续超警、多条支流多次超保证、武汉等干流城市遭遇严重内涝……社会上围绕三峡工程防洪作用的质疑不断。

三峡工程对长江中下游防洪究竟作用几何？三峡在长江防洪体系中扮演什么角色？三峡如何发挥应有的防洪功能？带着这些问题，《瞭望》新闻周刊记者日前专访了三峡工程设计专家、中国工程院院士郑守仁。

长江中下游遭遇 1999 年以来最大区域性洪水

《瞭望》： 入汛之初，综合分析认为发生流域性大洪水的可能性很大。从目前来看，你认为是流域性大洪水吗？

郑守仁： 长江流域的洪水主要由暴雨形成，一般来讲，流域各河流

的洪峰是互相错开的，而且中下游干流可顺序承泄中下游支流和上游干支流的洪水，不致造成大的洪灾。但如果气象异常，上游洪水提前或中下游洪水延后，长江上游洪水与中下游洪水遭遇，就会形成流域大洪水或特大洪水，如1931年、1954年、1998年长江流域洪水就属于这种情况。还有一些年份，长江上游干支流洪水相互遭遇或中下游支流发生强度特别大的集中暴雨也会形成区域性大洪水，1935年、1981年、1991年、1996年洪水即为此类。

从目前的水文分析来看，三峡水库上游最大入库流量是5万立方米每秒，这不算大。今年主要是中下游来水较大，干流超警戒，支流和内湖受暴雨影响发生了超保证甚至超历史洪水。目前，初步判断是长江中下游1999年以来最大的区域性洪水。

《瞭望》：今年洪水有哪些特点？

郑守仁：6月30日以来，长江流域遭受两次强降雨侵袭，汛情比较复杂，有几个特点。一是降雨强度大。7月上中旬流域降雨量与30年均值比较偏多近4成，长江中下游偏多8成多。局地降雨强度大，超过历史实测记录。

二是洪水量级大。7月上中旬中下游干流来水偏多2～3成，洞庭湖入长江控制站城陵矶站偏多5～6成。长江干流洪水量级与1996年洪水相当。部分支流和湖泊洪涝情况比1998年严重，属于区域性大洪水。

三是超警河流多。6月30日以来，长江中下游干流监利以下江段和洞庭湖、鄱阳湖全线超警，先后有145条河流发生超警戒水位以上洪水，举水、水阳江等支流和洪湖、梁子湖、巢湖等湖泊25站点出现超保证水位甚至超历史最高水位洪水。

四是干流水位高。7月6日至9日，长江中下游干流监利至南京河段出现入汛以来最高水位，洪峰过境时水位超警0.51～1.85米。莲花塘站接近保证水位，汉口站列历史最高水位第五位。城陵矶江段、九江江段持续超警时间26～29天。

三峡拦蓄上游洪量 75 亿立方米
50 万亩耕地避免被淹

《瞭望》： 有舆论认为，今年的洪水在三峡的防洪能力之外。在你看来，三峡工程对今年防洪有没有作用？有哪些具体作用？

郑守仁： 今年 7 月初，长江 1、2 号洪峰时隔一天分别在长江上游和长江中下游形成，城陵矶水位直逼保证水位。这个时候很紧要了，长江防总调度三峡水库及上游水库群拦蓄洪水，充分利用三峡水库对城陵矶河段的防洪补偿库容，控制城陵矶水位最高涨至 34.29 米，实现了城陵矶河段不超保证水位 34.4 米的控制目标。

7 月 7 日 10 时 30 分到 7 月 16 日 14 时，三峡水库在高于汛限水位情况下，仍将出库流量由 30000 立方米每秒逐步压减到 20000 立方米每秒左右，大大减轻了下游洞庭湖城陵矶地区等地的防洪压力。

6 月 30 日以来，长江上中游城陵矶以上水库群累计拦洪约 187 亿立方米，其中三峡水库共拦蓄洪水 75 亿立方米。若这些洪水不拦蓄，长江中游城陵矶莲花塘站水位 7 月 5 日将突破保证水位，洪峰水位将接近 35 米，超保证水位时间将达 7 天左右，按照调度规程，需要动用城陵矶附近钱粮湖、大通湖两个蓄滞洪区分蓄洪水，蓄滞洪区内 50 多万亩耕地将被淹，38 万多人需要转移安置。

三峡工程是越到关键时刻，越能体现其不可替代的作用。受益于三峡减少出库流量影响，有效减轻了长江中下游防洪压力，减少了长江中下游高水位持续时间，为长江抗洪防汛工作赢得主动。

《瞭望》： 中小洪水面前，三峡能发挥作用吗？

郑守仁： 今年的情况正好印证了这一点。三峡之所以要拦蓄中小洪水，是因为尽管长江干流堤防经过加高加固达到规划标准，但仍有不少重要支流和湖泊堤防尚未加固，大多数中小河流防洪能力仍偏低，降低湖区和干流水位，减轻防洪压力，还可以减轻对支流排涝影响。

2010 年 6 月，经国家防总批复的《三峡—葛洲坝水利枢纽 2010 年

汛期调度运行方案》中明确提出，在保障防洪安全的前提下，可相机进行中小洪水调洪运用，之后每年批复都是如此。

但我们也必须清醒地认识到，三峡水库拦蓄中小洪水并不是无条件的，必须是在不影响水库的自身安全（包括枢纽和库区防洪安全）、荆江河段防洪安全和在长江防洪中发挥作用的前提下，并充分利用现代水文气象预报技术，方可对三峡水库进行调度。

为了规避防洪风险，启用三峡工程拦蓄中小洪水，必须遵循三大原则：一是需要三峡水库拦蓄中小洪水以减灾解困；二是根据实时雨水情和预测预报，三峡水库尚不需要实施对荆江或城陵矶地区进行防洪补偿调度；三是不降低三峡工程对荆江地区的既定防洪作用和保证枢纽安全。满足了这些条件，三峡工程才可以启用拦蓄功能。

三峡是长江防洪体系关键工程
但非"万能工程"

《瞭望》：三峡水库的防洪库容到底有多大？

郑守仁：说到三峡水库的防洪库容，通常会提到 221.5 亿立方米这个数字，这是三峡水库汛限水位 145 米到正常高蓄水位 175 米之间的水库容积。

通常情况下，我们认为水库水面看作平面，平面以下计算出的库容称为静库容。然而，发生洪水时水库水面不是水平的，水库末端回水水面会上翘，实际水面线与水平面之间的水体称为楔形体，容蓄了一定的水量。就像用脸盆倒水时，总是出水口的水比盆里的水要低一点，水库也像一个大水盆，水流通过三峡大坝下泄时，在库尾水位会翘起一个"尾巴"也就是楔形库容，这个"尾巴"加上"尾巴"以下的水，就叫作动库容了。

其实，动库容并不是新鲜概念，三峡工程早在初步设计时就已考虑了动库容的影响。中国工程院在 2010 年《三峡工程阶段性评估报告》

中明确指出，虽然采用动库容调洪拦蓄的洪量小于采用静库容调洪的洪量，但荆江河段的最大泄量和水库坝前水位没有超过采用静库容调洪的结果，是安全的。

《瞭望》： 三峡在整个长江防洪体系中是什么角色呢？

郑守仁： 三峡处于长江上游来水进入中下游平原河道的"咽喉"，紧邻长江防洪形势最为严峻的荆江河段，地理位置优越，三峡工程对长江上游洪水的控制作用是上游干支流水库不能替代的。三峡工程可以控制荆江河段95%的洪水来量，三峡水库的控制和调节作用最直接、最有效，就好比是控制进入荆江洪水大小的"总开关"。

《瞭望》： 在一般年份中，三峡在防洪体系里局限性在哪呢？

郑守仁： 如何认识三峡，需要一个科学精神和客观认识作为基础。社会上有很多对三峡的误解和质疑是因为缺乏科学的了解。三峡在长江防洪体系里确实是关键一环，作用很大，但不同的气象、水文、洪水情况，效果是不一样的。不能认为有了三峡，长江就不会再遭洪水，给三峡贴"万能"标签；也不能出现了洪水灾情，就全面否定三峡的作用。这两种认识都是片面的、不科学的、不客观的。

由于长江河道安全泄量与长江峰高量大洪水的矛盾十分突出，同时中下游仍有80万平方千米的集水面积，其中有大别山区、湘西－鄂西山地以及江西九岭至安徽黄山一带等主要暴雨区，有洞庭湖和鄱阳湖水系、清江、汉江等主要支流入汇，洪水量大，组成复杂。

三峡工程虽有防洪库容221.5亿立方米，但相对于长江中下游巨大的超额洪量，防洪库容仍然不足，如1954年大洪水，中下游干流还有约400亿立方米的超额洪量需要妥善安排。

另外，三峡工程建成以后，将会引起中下游河道冲淤变化，长江干流的蓄泄关系、江湖关系及长江中下游河势都将发生新的变化，这些都还需认真进行研究。长江防洪问题的复杂性决定了长江防洪治理的艰巨性与长期性。

提升防洪效益重在
"十指弹琴"联合调度

《瞭望》：三峡防洪效益的空间如何继续提升？

郑守仁：水库防洪的效益重在科学调度，三峡更是如此。目前长江上游已有包括三峡在内的 21 座水库群实现了联合调度，水库总库容约 1000 亿立方米、调节库容 460 亿立方米、防洪库容 360 亿立方米。

水库与水库之间，因为水系、水文等客观联系而相互影响与关联，因此长江委从 2003 年开始，在水库群联合调度技术方面做了大量研究。

什么是联合调度呢？比如要抬 400 斤的重物，一个人搬不动，两个人来抬有点勉强，那么三个人抬有点进展，四个人抬就抬走了。首先就是"众人拾柴火焰高"的意思。其次，联合调度不是洪水来了就一哄而上乱调度，是讲究科学和规律的，就像人弹钢琴，十个手指跟着旋律在弹，听的人看不见但是弹的人知道是有章法的，有规律的。水库群调度也是如此，洪水规律、水文情况、水库本身等因素背后有看不见的规律，搞水库联合调度的人需要摸清这些规律来十指弹琴。

早在 2009 年，长江委就完成了《以三峡水库为核心的长江干支流控制性水库群综合调度研究》。根据国家相关部门批复，从 2012 年开始，针对长江上游控制性水库（水电站）逐步投入、运行条件不断变化的特点，每年组织编制年度长江上游水库群联合调度方案，并不断丰富与完善，为水库群联合调度提供了有效的依据。

2012 年的时候是包括三峡在内的 10 库联调，2013 年是 17 库联调，2014 年到 2016 年就发展到 21 座水库联合调度，明年会继续增加，联合调度的研究工作还将继续开展，基础研究仍要加强，这是以三峡为核心的水库群提升整体防洪效益的关键。

《瞭望》：联合调度有什么讲究？三峡的调度重点是什么？

郑守仁：一般而言，中下游水库主要是管本流域的削峰错峰，然后配合三峡水库进行拦蓄洪量；上游水库对本流域防洪也是削峰错峰为主，配合三峡为长江中下游防洪时，以拦蓄洪量为主，然后是削峰错峰，但如果三峡库区的征地线或移民线可能受到威胁时，就要削峰错峰为主，减小三峡的入库洪峰流量，降低三峡库区水面线。三峡是水库群联合调度中的核心，相当于"总控制人"，其他水库群则是配合三峡进行调度。

水库调度，流量和水位是相互配合的，比如三峡水位到了155米以上，入库流量过5.5万立方米每秒时就要加大下泄，或者上游其他水库帮忙，控制三峡入库流量小于6.5万立方米每秒。但是2012年三峡迎来建库最大入库流量7.12万立方米每秒，又没有加大下泄，因为水位没有到155米，库区防洪是安全的，所以两者是个动态的关系。

三峡的调度方案是不断完善的，但需经主管部门批复。比如，在1993年批准的三峡工程初步设计，主要的防洪目标是保护荆江地区，并没有对城陵矶进行补偿调度的任务，对城陵矶的防洪补偿调度，是2009年国务院批准水利部印发的《三峡工程优化调度方案》赋予三峡工程的一项新使命。

如果按对荆江地区防洪调度方式，遇1998年洪水，三峡水库只拦蓄洪量30多亿立方米。遇1954年洪水，三峡水库也只需要拦蓄不到95亿立方米，就可以将通过荆江河段的洪水水位控制在安全值以下，但是城陵矶附近地区及其以下的长江中下游地区仍然有400多亿立方米的超额洪量需要分蓄到蓄滞洪区，才可保证洪水安全通过河道宣泄入海，其中城陵矶附近地区超额洪量378亿立方米。在三峡水库尚有大部分防洪库容未运用时，下游城陵矶附近地区大量分洪，显然是不合理的。因此，三峡水库有能力也有必要承担中下游更多的防洪任务。

城陵矶地区是长江中游防洪压力最大的地方，为此，结合近期堤防建设情况和新的江湖关系变化，综合考虑水库泥沙淤积、库区淹没影响制约条件等因素，开展了更加深入的研究，提出了三峡水库兼顾对城陵矶防洪补偿调度方式。即在确保荆江地区防洪安全的前提下，将三峡水库155米水位以下的56.5亿立方米防洪库容用于兼顾对城陵矶地区防洪

补偿;三峡水库兼顾对城陵矶进行防洪补偿调度,可较好地应对不同来水情况,减少城陵矶附近地区的分蓄洪量和分洪几率,遇 1954 年洪水可减少 60 多亿立方米,进一步提高三峡工程的防洪效益,通过上游水库群的联合调度,分洪量还会进一步减少。

（原载《中国三峡工程报》2016 年 8 月 13 日 1 版）

三峡工程是长江防洪体系的
骨干工程，但非全部

——专访中国工程院院士陆佑楣

《中国青年报》记者　李晨赫　李新玲

6月30日至今，长江中下游地区遭遇多轮暴雨袭击，安徽、湖北、湖南、江西、江苏等多省份局部地区出现历史罕见的极端汛情。7月11日，长江防总通报长江汛情显示，自入汛以来，长江流域受灾人口已接近5000万人。

与18年前的长江全流域大洪水相比，今年的灾情集中于中下游的局部地区。在各地抗洪抢险以及防止各类次生灾害出现的同时，一个声音经常出现：三峡工程是否发挥了应有的作用？

针对此问题，记者近日采访了水电专家、中国工程院院士陆佑楣。陆佑楣曾任国务院三峡工程建设委员会副主任委员、中国长江三峡工程开发总公司总经理。三峡工程从无到有，从专家论证到工程建设，从水库蓄水到发电通航，他都曾是亲历者和指挥者。

三峡工程达到了设计标准，但不是"万能工程"

"有了三峡工程，为什么下游这次洪水还会有这么大的灾难，因素是很多的。"面对记者的提问，陆佑楣院士开宗明义进行了解释，"今年长时间暴雨主要集中在江苏、江西、安徽、湖北，主要是在三峡工程的下游，而长江上游的流量并不大。一号洪峰只有每秒5万立方米，'十年一遇'概率的洪水是每秒6.66万立方米，也就是说，今年一号洪峰的强度远未达到'十年一遇'的流量。长江防总统筹安排三峡水库进行调度蓄洪，以每秒3.1万立方米的流量下泄，对下游削峰每秒1.9万立方米，有效地减缓了下游防洪压力，但是帮助有限。"

至于三峡工程初步设计的几个主要功能目标——防洪、发电、通航，陆佑楣都非常肯定地表示："如今可以说是全部达到了。"

这位三峡工程的论证组织者和建设指挥者说："三峡工程从设想到决策，是我们中国人70多年不断探索的结果。几代中国人对三峡大坝的建设进行了不懈的探索，并在探索中不断认识了长江这条河流。"

陆佑楣把三峡工程1919年至1992年的论证决策阶段以新中国成立为分水岭，划分为两个时段。"1919年至1948年，三峡工程的设想主要以发电和航运为主要目标。从1949年新中国成立初期到1992年之间，三峡工程又进行了充分的勘测论证，不过这个时段一开始，建设三峡工程的首要目的就明确为防洪。"

上世纪50年代，新中国成立之初正遇上了历史上的多水期，曾经有过几次大洪水，造成了严重的洪涝灾害，长江两岸损失惨重。

"'治国先治水'，当时领导人将治水放在十分重要的位置。而要做好长江全流域的整治是一项巨大的系统工程，首要的是控制长江干流的洪水，减缓长江中下游的洪水灾害。"陆佑楣说，三峡工程的防洪功能就是保护江汉平原。

荆江大堤水利工程始建于1954年，位于武汉上游、枝城下游，是保护荆江以北、江汉以南的重要防线，也是长江防洪重点确保工程。

三峡水库总库容 393 亿立方米，防洪库容 221.5 亿立方米，建成后可将荆江河段的防洪标准由约"十年一遇"提高到"百年一遇"，保护江汉平原 1500 万人口和 150 万公顷耕地免受洪水威胁。

关于发电功能，陆佑楣介绍，发电不是建设三峡工程的必要条件，却是充分条件。目前，三峡电站总安装 32 台单机容量 70 万千瓦的水轮机组，总装机容量达到 2250 万千瓦（含两台 5 万千瓦电源电站），多年平均发电量 882 亿度，具有足够的经济效益，以偿还工程投资。

关于通航能力，陆佑楣也向记者介绍，在三峡工程论证阶段，重庆到宜昌河段的通航能力极低，年货运量 1000 多万吨，不仅通航的船只吨位有限制，而且还不能夜航。三峡水库建成之后，江面开阔，水深加大，航道不再曲折，万吨级船队可直达重庆，三峡航道实现 24 小时昼夜通航。现在三峡船闸的通航能力已达到 1 亿吨，是建坝前的 5.6 倍。

至于为何公众会提出"为什么有了三峡，下游还是受灾严重"的疑问，陆佑楣解释说："当时上三峡工程，媒体大力宣传，肯定是好事，但也给人一种误解，以为有了三峡工程就能解决长江流域所有洪水问题。但实际上，任何工程的功能效益都是有一定范围的。不可能哪儿发洪水都说是三峡工程没解决问题，进而贬低三峡工程的防洪功能，这是不科学的。应该说，除了三峡工程，没有其他办法能解决长江干流的防洪问题。没有三峡工程，一旦长江干流汛期流量超过一定洪水标准，长江中下游将面临巨大的防洪压力，后果不堪设想。"

"三峡工程是长江防洪体系中的关键性骨干工程，但不是全部。对长江流域来讲，在各个河段、支流水系都应该做好防洪治理工程。"他再一次强调，干一项工程，还需要科普，而洪水来临之时，也正是科普的好时机。

三峡工程发挥作用的关键在于调度

虽然对于三峡工程的三大功能已完全达到设计目标持充分肯定态度，

但陆佑楣认为三峡工程的防洪库容可以进一步挖掘和加以优化利用。

"怎么样才能有效利用三峡水库防洪库容，有效减少下游灾害？这就要在调度上下功夫。"陆佑楣说，三峡工程虽然建成，但如何利用和调度是一个逐步摸索的过程，其中最根本的问题是要准确了解大自然降雨和产流的过程规律。

此前，记者从中央气象台了解到，我国暴雨公众预报准确率达到60%以上，晴雨预报准确率可达87.3%。

然而，业内评判的专业预报准确率要考虑空报、漏报等参数，要求定时、定点、定量。目前，我国专业暴雨预报准确率为20%左右。以平原地形为主、预报难度稍低的美国，专业暴雨预报准确率在25%左右。

在预报时间方面，我国气象部门对于强降水过程的预测大概可以提前1周左右。但提前时间越长，准确率越低。时间范围在3天之内的预测可以达到比较准确的水平。

"三峡工程发挥作用的关键也就在于通过降雨量来安排调控量。这个过程需要非常大量的数据作支撑，需要通过先进的技术对数据进行整合分析。现阶段，我国仍处于需要增加更多基站数据、加强气象预报，才能作出相对有利调度方案的阶段。"他对长江中上游梯级调度提出设想，如果在中下游大雨来临之前，上游的向家坝、溪洛渡水库多向三峡水库放水，这样，三峡也就能提前多向下游放水，缓解下游河道压力，并能保证三峡防洪库容。

陆佑楣同时也提出，这并不仅仅是单纯水量调度的问题。由于长江沿线各省有自己防洪、生态、发电的利益诉求，调度造成的水害和干旱会出现在不同省份，因此调度过程牵扯多方利益，需要协商决策。

全流域基础设施标准有待提高

每年一到雨季，特别是洪涝灾害出现时，三峡工程总是成为关注的焦点，陆佑楣认为，这在某种程度上是因为媒体的一些报道误导了公众。"'万年一遇''千年一遇'，是保证三峡大坝安全运行的设计标准，并不是防洪功能。三峡工程的防洪功能是将荆江河段的防洪能力从'十年一遇'提高到'百年一遇'，并通过拦峰、错峰、调峰对下游防洪形成支撑。当遇到'千年一遇'洪水时，三峡工程配合荆江分洪区，可避免荆江地区造成毁灭性灾害。以上这些概念要进行科普。"

不过，陆佑楣强调，减少长江中下游的灾害，不仅仅是把水调度好的问题，"下游的灾害，很多时候是因为基础设施差得太远。一些堤坝工程和下游的房屋建设未达标准，被水一泡就抵挡不住了。"

据他的回忆，在三峡工程论证过程中，对上下游都进行了通盘考虑，例如如何保护荆江大堤内的土地，如何在淹地和扩大水库库容之间寻找平衡。"长江三峡工程水库淹没了6.38万公顷的峡谷土地，其中耕地2.38万公顷，搬迁居民120余万人，而得到的是下游肥沃的150万公顷的平原耕地和1500万人口的长江中游地区的安全。"

在考虑如何保证长江下游人民生命财产安全方面，陆佑楣清晰地记得当时的一些方案，比如有人提出：将所有的房子都建成多层楼房，发大水就上楼去躲灾；也有人提出，每家每户配一条船，等等。

"极端性天气是挡不住的，但是应该有对策。"陆佑楣说，我们应该正视基础设施建设的不足，全面地看问题。三峡工程建成后，还没有发生"百年一遇"级的大洪水，三峡工程的防洪能力有待大洪水的检验。

三峡工程是一个生态工程

"三峡工程对生态造成了破坏"，三峡工程建成之后，这种反对的声音一直存在，最直接的体现是长江内鱼类种类减少。

陆佑楣对此并不回避："我们应该用动态的眼光来认识生态。并非一切和最初的环境一样才叫作保护生态，随着物种的进步和变化，生态也应该有动态的变化。"

"全球人口在不断增加，背后其实就是生态在发生变化。"经过多年

的实践和思索，陆佑楣对环境与生态有深刻的理解，"三峡工程说透了，是一个生态工程，目的在于改变不利于人类可持续发展的状态，改善人类生存环境，减少灾害。"

他认为，生态是一个动态的概念，生态平衡也是一个相对的概念，并不是保护好最初的所有物种就叫好的生态。人是大自然中的一分子，尽管有不同意见，但目前国际上公认的生态保护也是以有利于人类的可持续发展为标准。

三峡工程扩大了水域面积，形成了1084平方公里的水面，水库平均水深70米，最深处比建坝前增加了113米，阻隔了原有河道，改变了流态。这些都改变了鱼类和其他水生物原有的环境，使其生存的状态发生了变化。

对于鱼类减少的问题，陆佑楣认同中国科学院水生生物研究所学术委员会主任、研究员、博士生导师曹文宣院士的观点，"这一问题与人口的增长密切相关。长江人口逐水而居，增加了捕捞量，还有航运的增加等因素共同改变了鱼类的生存环境，肯定有的鱼类要减少甚至消亡。"

他提到，为了避免某些鱼类的减少或消亡，三峡工程所在地宜昌设立了"中华鲟"人工繁殖研究所，经过人工孵化再投放回长江，经过20余年的研究，成功地孵育成鱼苗，已累计投放中华鲟鱼苗几百万尾，保护或维持了中华鲟的生存。

"人就是一系列的选择，这些选择给人类带来意义。"陆佑楣在采访中，引用了一位哲学家的话。他说，三峡工程的整个建设过程也是在不停地做选择。在论证过程中，有人提出能不能有其他办法解决洪水灾害问题。其中一种提法是加高荆江大堤，但由于工程量极大，且花费太高，几乎是建设三峡工程花费的几倍，所以最终被否决。

（原载《中国青年报》2016年7月27日4版）

三峡，是一项让全国人民放心的一流工程

——访中国工程院院士、中国三峡集团原总工程师张超然

今年 9 月，随着世界上规模最大、综合技术难度最高的三峡垂直升船机正式进入试通航，标志三峡枢纽工程最后一个建设项目已圆满收官。经过 20 多年的建设，三峡工程已全部竣工。

中国工程院院士、中国三峡集团原总工程师张超然

近期，我们有幸采访了中国工程院院士、中国三峡集团原总工程师张超然，同他一道回顾建设三峡、开发长江筚路蓝缕的不凡经历，听一听他对三峡工程"那些事"的精彩解读。

记者：1966 年，您从清华大学毕业从事水电事业，到今年已 51 年。在半个世纪中，您主持过多项大中型水电站的勘测设计工作。在您的眼中，水电开发对于一个国家、特别是中国有着怎样的意义？

张超然：1966 年 2 月，我从清华大学水利工程专业毕业后，分配到水利电力部成都勘测设计院，在那里工作了 31 年，曾任设计总工程师、副院长和总工程师等职务。1996 年 8 月，上级组织调我到中国长江三峡工程开发总公司工作，担任总工程师职务，一直到 2014 年。2015 年 7 月，我从三峡集团公司科技委主任岗位上退休。

我感到自己很幸运，毕业后分配到四川工作，西南是我国水资源最丰富的地区，四川是我国水电资源技术可开发容量最大的省份。后来，又投身三峡工程的建设，给了我为国家水电建设作更多贡献的机会。在成都勘测设计院工作期间给了我很好的机遇，前后参加和主持过 20 多个大中型水电站的勘测设计，特别荣幸的是作为设计总工程师，参加和主持了二滩水电站勘测设计工作，这是我国第一座高度超过 200 米的高坝，也是我国二十世纪建成的装机容量最大水电站。

1996 年 8 月，我来到三峡集团公司时，三峡一期工程已开工建设。20 年来，全体三峡工程建设者，在"为我中华、志建三峡"的三峡精神激励下，团结拼搏、求实创新，牢记使命，不辜负党和全国人民的要求和期盼，把三峡工程建成了世界一流工程。

三峡工程的成功建设和取得的重大成绩，首先应归功于党中央和国务院的英明决策和正确领导，归功于全国人民的大力支持和库区百万移民的无私奉献。三峡工程是"千年大计、国之所系"的工程，历届党和国家领导人都十分重视和关心，是我国迄今为止唯一由全国人民代表大会全体代表投票通过的建设项目，是实现中华民族伟大复兴的一项标志性工程。三峡工程是全国人民集体智慧的结晶，是全体三峡工程建设者不懈努力和艰苦奋斗的成果。

人类的、发展离不开水，人类社会的发展史也是一部治水的历史。治国先治水，治水兴邦，是中国几千年来的共识。中国是一个水旱灾害频繁的国度，只有治水，才能为老百姓提供基础性的安全保障。近年来，我国每年仍有数千万人口受水、旱灾害，表明我国水利水电工程的建设，尤其是运行和维护任重道远。

从世界范围看，水电开发对一个国家的意义是毋庸置疑的，一个国家的发展崛起往往离不开水电的开发。世界发达国家，水电开发水平均达到百分之七十左右，瑞士甚至达到百分之九十以上。我国可开发水资源总量位于世界第一，技术可开发量达 5.42 亿千瓦。目前，我国水电总装机容量已达 3 亿千瓦，仍有较大的开发空间。

记者： 作为建设三峡工程的总工程师，您亲历了三峡人奋发图强、攻克技术难题的过程。在三峡工程建设中，有哪些重大技术突破？这些技术攻关对我国乃至世界水电开发有什么贡献？对我国的提升制造装备能力、迈向制造大国有哪些重要意义？

张超然： 在建设三峡工程过程中，我们坚持管理创新和科技创新。

管理创新突出体现在三峡工程的质量管理体系建设。三峡工程的质量重于泰山，国家要求必须把三峡工程建成质量一流工程。在国务院三峡工程建设委员会的正确领导下，成立了由我国水利电力界最有权威的院士和专家组成的三峡工程质量检查专家组，对三峡工程质量进行指导和检查；三峡集团公司成立了由项目法人、设计、施工、监理等参建各方质量责任人组成的三峡质量管理委员会，具体负责现场的质量管理；成立了三峡工程质量标准评定委员会，负责编制和审查三峡工程质量系列标准，为建设一流工程提供技术保障。在工程建设中，提出了以零质量缺陷实现零质量事故、以零安全违章保证零安全事故的"双零目标"质量安全管理理念。强调"不留工程隐患是三峡工程质量的最低标准，也是三峡工程建设的最高原则"。三峡工程建立了完善的质量保证体系和系列的质量标准，工程质量优良。

2008 年三峡水库开始蓄水至正常设计水位 175 米，至今已安全运行 8 年，并经受了多次洪水考验。原型监测成果表明：三峡枢纽工程建筑物工作性态、电站和船闸运行正常。事实证明，三峡工程是质量一流的工程，是让全国人民放心的工程。2013 年 11 月，三峡工程获得"全国质量卓越奖"殊荣。

在技术创新上，三峡工程取得了丰硕的创新性成果。截至2015年，三峡枢纽工程建设中有17个科研项目获得国家科技进步奖，41个科研项目获得省部级科技进步奖。

一是自主研发和创新。如超高水深、大流量截流和上下游围堰混凝土防渗墙施工技术，混凝土坝高质快速施工筑坝技术，双线五级船闸直立墙开挖变形控制技术和高水头船闸水力学关键技术，沥青混凝土心墙土石坝筑坝技术，特大型水轮机蜗壳埋入新技术等。

二是技术引进再创新，把开放市场、引进技术与自主创新有机结合的"三峡模式"，实现了我国水轮发电机组的设计制造从32万千瓦到70万千瓦机组的跨越，加快了我国重大水电装备国产化的进程，并陆续实现了单机容量77万千瓦到100万千瓦大型水轮发电机组的研制能力，位居世界前列。

日前投入试运行的齿轮齿条爬升、短螺杆长螺母柱安全保障的全平衡垂直升船机也是在引进德国升船机技术的基础上，中、德双方合作再创新的成功典范。我们先后攻克了150米高的复杂钢筋混凝土塔柱精细化施工技术，大型埋件和齿条、螺母柱高精度安装技术，钢筋混凝土塔柱与特大型承船厢抗震和减震技术，特大模数齿条加工制造关键技术等，其技术居国际先进或领先水平。

三峡工程的科技进步和技术创新始终依靠全国科研院所和大专院校的通力合作、协同攻关，充分体现了集中力量办大事的我国社会主义制度优越性。

三峡工程的科技创新一是集成性的创新，二是从实际出发，问题导向的创新。三峡工程的成功建设大大带动了我国水电建设水平跨上了一个新台阶，带动了整个水电行业产业链的延伸和发展，大大提升了我国水电装备设计制造能力、推进我国从水电大国走向水电强国起到了重要作用。

记者：三峡工程是长江防洪体系中的关键性骨干工程。近年来、特别是今年的汛期，三峡工程的防洪效益是怎样发挥和体现的？

张超然：三峡工程的首要任务是防洪，是长江流域防洪体系中的关键性骨干工程，具有不可替代的作用。三峡工程建成后，可使长江荆江河段的防洪标准由十年一遇提高到百年一遇，可有效保护长江下游江汉平原 1500 万人口和 2300 万亩耕地免受洪灾的威胁。自从 2008 年三峡水库蓄水达到 175 米后，到 2013 年底，共拦蓄洪峰 24 次，累计拦蓄 873 亿立方米，累计产生的防洪经济效益达 925.2 亿元。随着上游溪洛渡、向家坝水电站等一大批大中型水库的投产运行，已基本形成以三峡工程为中心的长江流域防洪体系，对保证长江流域的长治久安起到了基础性的保障作用，大大促进了长江经济带持续健康发展。

针对长江中下游地区遭遇自 1998 年以来严重洪涝灾害的严峻形势，三峡水库的调度运行，严格执行防汛主管部门的调度指令，统筹兼顾、科学调度，并不断优化水库防洪调度方式，使三峡工程在确保完成设计防洪任务的基础上，进一步扩大对城陵矶地区的防洪作用和对中小洪水的拦洪作用，三峡工程的防洪作用得到全面提高，充分发挥了三峡工程的防洪功能。

2010 年、2012 年三峡入库最大洪峰流量均超 70000 立方米／秒，通过三峡水库拦洪削峰，削减洪峰 40%，控制沙市站水位未超过警戒水位，保障了下游的防洪安全。今年 6 月 30 日以来，长江中下游地区，连续遭受强降雨的侵袭，具有降雨强度大、洪水量级大、超警戒水位河流多和长江干流水位高的特点，长江中下游地区的防洪形势十分严峻。

7 月 1 日，三峡入库洪峰达 50000 立方米／秒，通过三峡工程的防洪调度，削减洪峰 19000 立方米／秒，避免了与长江中下游形成的洪峰叠加遭遇，大大缓解了长江中下游地区的防洪压力；洪峰过后，根据中下游的严峻防汛形势，多次适时减小出库流量。自 6 月 10 日至 9 月 10 日，三峡水库拦洪总量达 97.8 亿立方米，有效降低了长江中下游干流水位，最大程度减轻了中下游的受灾损失，发挥了显著的防洪效益。

但是，三峡工程不是长江防洪体系的全部，它不可能、"包办一切"，

一个完整的长江流域防洪体系要依靠全流域梯级水库、堤防和水土保持等多个方面。但是三峡工程具有不可替代的作用，它为国家经济和社会发展起到了基础性的安全保障作用。

记者： 三峡工程可以说是世纪工程、民族工程他，它经过百年梦想、数十年论证和二十多年的建设。今年是三峡工程整体验收之年，您对三峡工程的评价是怎样的？

张超然： 经过 20 多年的建设，三峡枢纽工程已全部竣工，除升船机工程待明年试运行满一年后进行竣工验收外，枢纽工程已全部通过竣工验收。国务院三峡枢纽工程验收组在三峡工程整体竣工验收鉴定书上的结论是："枢纽工程水工建筑物、金属结构、机电设备及安全监测设施的施工、制造、安装质量符合国家、行业有关技术标准和设计要求，工程质量合格；枢纽工程自蓄水以来，经受了正常蓄水位 175 米的考验，运行正常；枢纽工程运行以来按有关规程和调度方案开展了防洪、发电、航运和水资源调度，发挥了显著的综合效益。"

三峡工程是集全国人民的力量建设起来的工程，是代表国家形象的伟大工程，是中华民族实现伟大复兴的标志性工程，它的决策是完全科学的决策。三峡工程质量是优良的，是让全国人民放心的工程。

三峡工程效益显著，除了防洪、发电、航运效益以外，还有减排和水资源利用效益。截至 2016 年 9 月底，三峡电站累计发电量已达到9645 亿度，与火电相比，节约标准煤 3.25 亿吨，减少二氧化碳排放 8.26 亿吨，减少二氧化硫排放 887.1 万吨，减排和环境效益明显。到目前为止，在清洁能源规模和利用效率上，风电、太阳能其经济性和规模都不如水电，因此水电在节能减排、发展清洁能源方面发挥着不可替代的作用。

现在社会上对三峡工程不同的声音主要集中在生态和移民方面。三峡工程对生态方面有利有弊，但是利大于弊，三峡水库已发挥了生态调度和生态补水的功能，并在今后的调度运行中将不断扩展和完善生态效益。三峡水库淹没了部分土地，但是淹没的土地的产出和数量比保护的土地少多了，人口搬迁涉及 130 多万人，但这也是库区脱贫致富的难得机遇。从实际效果来看，三峡库区的发展与全国发展是同步的，在某些方面高出全国的平均水平。三峡集团设立了三峡水库基金，切实保障移民利益的得到落实，促进水库移民与全国同步建成小康。

总之，三峡工程"规模巨大，效益显著，影响深远，利多弊少"，是一项"功在当代、利在千秋"的民生工程。

记者：当前，社会上还存在着对三峡工程的不同看法，特别是每年的雨季，往往真正的洪峰还没有到来，舆论的"口水"早已汹涌而至。您怎样看待这种现象？

张超然：社会上对三峡工程提出异议的主要原因在于不了解三峡工程的论证和建设的历史过程，不了解三峡工程的成功实践；另一方面是不能运用辩证的观点分析问题，而是片面的看问题，对全局和有利方面往往视而不见，对局部、个别甚至没有的问题，肆意扩大和编造。我认为，对三峡工程有异议，是件好事，我们应正确看待，虚心听取，努力把三峡工程管理、运行得更好。今后随着三峡工程的综合效益不断显现，我相信一些片面和无科学依据的舆论会逐渐减少。

这里有一个值得思考的问题。过去，国际上反对三峡工程的人士比国内多，现在国际上反对声音越来越少，而对三峡工程给予的高度评价越来越多。实际上，三峡工程凝聚了包括世界范围内水电同行的智慧。1955-1960 年，苏联政府派遣专家来华协助长江流域规划和三峡工程研究工作，当时有几十位苏联专家协助我们进行长江流域规划。1980-1984 年，美国政府就三峡工程综合利用开发技术开展合作，并派遣垦务局专家来华进行技术指导。1985-1988 年，加拿大国际项目管理集团编制了《长江三峡水利枢纽可行性研究报告》，世界银行对该报告进行了复核，认为三峡水利枢纽工程是一个解决防洪和改善航运的、具有吸引力的项目，并将是一个新的重要的水利可再生能源基地，没有一个现实可行的

替代方案能对长江中下游起到同等的防洪作用，建议应该早日兴建。另外，意大利、瑞典、巴西等国家都先后与三峡工程进行过技术合作。在工程建设过程中，先后有美国、日本、挪威、德国等国专家到现场技术交流和帮助。

可以说，三峡工程是中国的，也是世界的。建设三峡工程不仅是中华民族的百年梦想，也是国际水利电力界共同的愿望。

记者：您对于当前国内水电资源开发有什么看法？

张超然：我国在水电建设中，要在保护生态环境的前提下，积极、有序开发建设，更要运行好、维护好水利水电工程；要强化流域水工程的统一管理，实现梯级水库的统一调度，最大限度利用水资源，提高综合效益；同时，要切实做好移民规划和安置工作，实现水库移民脱贫致富和库区经济社会发展，把水利水电工程建成生态文明工程和民生工程。

当前，我们在水电开发建设上尚缺乏全国统一的规划和组织协调，在项目建设上存在浮躁的思想，片面追求进度，容易留下质量隐患。建议要进一步加强全国和流域的科学规划，统筹协调，促进水电事业的健康可持续发展；一条河流应该由一个责任主体负责开发建设和管理，做到科学开发、统筹开发和可持续开发，最大程度上利用水资源、保护生态环境和保障水库移民的根本利益。

六问三峡与防洪

——访中国工程院院士、水利部长江水利委员会总工程师郑守仁

《光明日报》记者　陈晨

　　日前，国家防总、水利部发布通报指出，如果没有以三峡工程为龙头的水库群拦蓄，长江中下游干流荆江河段将全线超警，增加超警长度250公里，中游城陵矶河段将两次突破分洪保证水位。以三峡为龙头的水库群在长江防洪中发挥了巨大的效用。

　　腾退库容、拦洪蓄洪、削峰错峰……入汛以来，三峡一直和洪水进行着无声的较量。与这种无声形成对比的，是长久以来围绕着三峡的质疑声和争议声。尤其7月初，湖北武汉一场有气象记录以来周持续性降水量达最大值的降雨，使武汉成为一片汪洋，也将三峡推上风口浪尖。有人质疑"武汉被淹，是不是三峡没发挥作用？"三峡工程在长江流域防洪上能起到多大作用？流域洪水与三峡有关吗？近日，中国工程院院士、水利部长江水利委员会总工程师郑守仁接受了记者采访。

一问：长江流域洪水与三峡有关吗？

郑守仁：长江流域的洪水主要由暴雨形成，一般来讲，流域各河流的洪峰是互相错开的，而且中下游干流可顺序承泄中下游支流和上游干支流的洪水，不致造成大的洪灾。但如果气象异常，上游洪水提前或中下游洪水延后，长江上游洪水与中下游洪水遭遇，就会形成流域大洪水或特大洪水，如1931年、1954年、1998年长江流域洪水就属于这种情况。还有一些年份，长江上游干支流洪水相互遭遇或中下游支流发生强度特别大的集中暴雨也会形成区域性大洪水，1935年、1981年、1991年洪水即为此类。

今年长江的洪水主要是中下游地区持续强降雨形成的，以三峡工程为核心的水库群拦蓄了大量洪水，减轻了中下游的洪涝灾害的严重程度。

7月初，武汉遭强降雨袭击，市区产生的水量短时间内超过排涝标准，致使低洼区域被淹。三峡工程的防洪作用是拦蓄上游洪水，而武汉市区内涝是当地强降雨引发的。

二问：三峡工程在长江防洪中处于怎样的地位？

郑守仁：上游洪水与中下游洪水遭遇是中下游洪水的主要来源。因此，控制长江上游洪水对中下游防洪至关重要。

从地理位置看，三峡工程位于长江上游与中下游交界处，紧邻长江防洪形势最严峻的荆江河段，因此，三峡对长江上游洪水的控制作用是上游干支流水库不能替代的。从调控能力看，三峡工程可以控制荆江河段95%的洪水来量，其控制和调节作用直接有效，就像是控制进入荆江洪水大小的总开关。

三峡水库控制调节长江上游洪水，是减轻中下游洪水威胁、防止长江特大洪水发生毁灭性灾害最有效的措施，在长江防洪中处于关键骨干地位。

三问：三峡工程的防洪能力怎么样？

郑守仁：三峡工程在长江防洪中的主要作用有四个方面：

一是提高荆江河段的防洪标准，遇较大洪水通过三峡调蓄，可以不用荆江分洪区而使洪水安全通过荆江河段，减少荆江两岸洲滩民垸和松澧洪道附近民垸的洪水淹没概率。

二是在遭遇特大洪水时避免荆江河段发生毁灭性灾害，为保障荆江河段两岸堤防安全提供条件，避免堤防漫溃或决口造成江汉平原和洞庭湖区大量人口伤亡的毁灭性灾害。

三是减轻洞庭湖的洪水威胁，减少城陵矶附近地区分蓄洪量，同时减少湖内泥沙淤积。三峡工程除了提高荆江河段防洪标准外，还安排了55.6亿立方米的库容兼顾城陵矶地区防洪，通过控制长江上游洪水来量，减少进入荆江河段的洪峰流量以及分流入洞庭湖区的水沙，既可减轻城陵矶附近地区和洞庭湖湖区洪水的威胁、减少分蓄洪量，又可减缓湖泊的淤积速度。

四是提高武汉市抗御洪水的能力。三峡工程使长江上游洪水得到有效控制，也减轻了洪水对武汉市的威胁。

总的来说，三峡工程的防洪能力是通过调节上游洪水来体现的。根据长江中下游防洪规划安排，三峡水库在汛前降至145米水位，预留防洪库容221.5亿立方米，以满足防洪需要。

四问：有学者质疑，三峡的防洪能力没那么大，是真的吗？

郑守仁：汛期三峡水库长500多公里，平均宽度不足2公里，为典型的河道型水库。因此有学者认为动库容要小于静库容，三峡水库的防洪库容没有221.5亿立方米。

先看看什么是静库容和动库容。一般将水库水面看作平面计算出来的库容称为静库容；但对于河道型水库，洪水期间水库水面不是水平

的，某个时刻的水面线与水平面之间的水体称为楔形体，静库容与楔形库容之和称为动库容。楔形库容的大小与入、出库流量有关，是动态的。不能以某个瞬时的动库容与静库容存在差值就武断地说水库的防洪作用小了许多。楔形库容参与水库调洪的整个过程，用动库容对整个洪水过程进行调洪才能反映水库的防洪作用。中国工程院在 2010 年《三峡工程阶段性评估报告》中指出，虽然采用动库容调洪拦蓄的洪量小于采用静库容调洪的洪量，但荆江河段的最大泄量和水库坝前水位没有超过采用静库容调洪的结果，表明防洪库容没有减小，是安全的。

五问：三峡工程在今年长江防汛中发挥了什么作用？

郑守仁：针对今年汛前中下游水位长期偏高、洪水偏早偏多等情况，国家防总、长江防总制定水库群汛前消落方案，三峡水库较规定日期提前 5 天降至汛限水位，上游 20 座大型水库也提前降至汛限水位，累计腾出约 360 亿立方米的防洪库容，为迎战今年长江洪水奠定了基础。

7 月 1 日，长江上游 1 号洪峰形成，三峡水库入库洪峰流量 50000 立方米每秒，中下游洞庭湖水系、鄱阳湖水系及巢湖水系等支流同时涨水。国家防总、长江防总对上中游 25 座水库实施联调联控。三峡水库控泄 31000 立方米每秒，削峰率 38%；金沙江、雅砻江和大渡河等上游干支流水库配合三峡水库同步拦蓄洪水；之后三峡水库两次压缩出库流量，按 20000 立方米每秒控泄，控制莲花塘水位没有突破 34.4 米的分洪保证水位，实现了城陵矶地区的防洪调度目标。

据初步分析，6 月 30 日以来长江上中游以三峡为核心的水库群共计拦蓄洪量 227.2 亿立方米，其中三峡水库拦蓄 75 亿立方米。

六问：三峡工程能长期安全运行吗？

郑守仁：答案是肯定的。大坝本身的长期安全运行没有任何问题，但在三峡工程论证、设计和建设过程中，水库泥沙淤积占用库容影响水库的长期安全运行一直是人们关注的问题。在初步设计阶段，我们曾研究过上游建库对三峡水库淤积的影响，在不考虑上游水库的拦沙作用及水土保持减沙作用的条件下，三峡工程运行 80 ～ 100 年时，防洪库容仍可保留 86%。如果考虑上游水库的拦沙作用，三峡水库运行 100 年的淤积量仅相当于上游不建库拦沙约 40 年的淤积量。

近年来，长江上游地区实施水土保持、退耕还林、防治石漠化和长江防护林工程，加上水库的拦沙作用，进入干支流河道的泥沙呈逐年减少趋势。2003—2015 年年均入库泥沙量只有 1.65 亿吨，与初步设计值相比，减少了 66.5%。三峡入库泥沙在相当长时期内将维持在较低水平，三峡水库的冲淤平衡年限将推迟至 200 ～ 300 年，冲淤平衡后防洪库容保留 86%，水库仍可安全运用。

此外，三峡工程大坝坝内和地下电站进水口设置冲沙及排沙孔、洞，保障坝前泥沙不致影响电站发电和船闸通航的运行安全，枢纽建筑物可长期安全运用。

（原载《光明日报》2016 年 7 月 27 日 5 版）

郑守仁：大洪水可检验三峡工程的"成色"

《中国三峡工程报》特约记者　任红

编者按：据最新数据显示，截至 9 月 8 日 14 时，今年入汛以来，三峡水库经过多轮次的拦洪、削峰、错峰，已累计拦蓄洪水 70.2 亿立方米，有效支持了长江中下游的防洪抗灾。回顾今年的洪水形势与三峡工程在此期间所发挥的效力，本报特约记者

郑守仁院士　（孙荣刚摄）

近期特就相关问题专访了中国工程院院士、水利部长江水利委员会总工程师郑守仁，本期予以刊发，以飨读者。

记者：2016 年入汛以来，长江流域的降水量非常大，中下游地区发生了大洪水。坊间认为，这有可能是比 1998 年洪水更大的洪水。您认为这种说法是否客观？

郑守仁：事实上，前段时间的洪水与 1998 年的洪水，并不是一种类型的洪水。长江流域的洪水主要是由于暴雨形成的。按暴雨地区分布和

覆盖范围大小，长江大洪水可分为两类：一类是区域性大洪水，一类是流域性大洪水。前段时间发生的洪水，是区域性洪水，主要发生在中、下游地区，部分城市和农村是典型的内涝。通过三峡坝址的洪峰，仅有 7 月 1 日一次达到了每秒 50000 立方米；而 1998 年大洪水，是流域性大洪水，7 月和 8 月通过三峡坝址的洪峰，有八次都超过了每秒 50000 立方米。

记者：三峡工程在今年的这种类型大洪水中，是如何发挥作用的呢？如果没有三峡工程，中、下游防洪形势会怎样？

郑守仁：如果没有三峡工程，长江中、下游的灾害会比现在严重。事实上，荆江、沙市地区，并没有发生大的洪水灾情。虽然今年入汛以来的洪水，多不来自长江上游，但是三峡水库也已累计拦蓄洪水近 70 亿立方米，有效地缓解来中、下游的洪涝灾情，不至于使中、下游的防洪形势雪上加霜。

记者：三峡工程在什么情况下，才会对中小洪水进行滞洪调度？这种调度要遵循什么样的原则？

郑守仁：中小洪水滞洪调度一般是对二十年一遇以下洪水，即坝址洪峰流量小于每秒 72300 立方米的洪水。尽管长江干流堤防经过加高加固达到了规划标准，但仍有不少重要支流和湖泊堤防尚未加固，一些连江支堤与长江干堤没有形成保护圈，大多数中小河流防洪能力仍偏低。有些连江支流在长江来水小于每秒 56700 立方米的中小洪水时，有可能发生局部性、区域性洪水。长江中、下游的地方防汛部门要求，三峡水库对这类中小洪水进行拦洪。2010 年汛前国家防总批复三峡工程防洪调度方案时，指出在保障防洪安全的前提下，可相机实施中小洪水调度。

三峡水库的中小洪水调度，是在不影响水库自身安全以及在长江防洪中发挥作用的前提下，充分利用现代水文气象技术，对三峡水库进行实时预报调度，是有条件的相机调度。

为了规避可能的防洪风险，为中小洪水滞洪调度明确了启动原则：一、需要三峡水库拦蓄中小洪水以减灾解困；二、根据实时雨水情和

预测预报，三峡水库尚不需要实施对荆江或城陵矶地区进行补偿调度；三、不降低三峡工程对荆江地区的既定防洪作用和保证枢纽安全。

记者： 有学者认为，三峡工程拦蓄低于每秒 50000 立方米的洪水，可能会带来自身的安全问题。这是否真的会给大坝自身带来安全隐患呢？

郑守仁： 三峡水库有能力、也有必要承担更多的防洪任务。这需要引入动、静库容的概念。一般情况下，在汛期，三峡水库长约 524 公里，平均宽度不足两公里，是河道型水库。我们把水库水面看作平面计算出来的库容为静库容。但事实上，洪水进入三峡水库逐步向坝前演进，水库水面并不是水平的，实际水面线与水平面之间的水体成为楔形体，容蓄了一定的水量，静库容与楔形库容之和，就是动库容。三峡工程初步设计，依据设计规范，采用坝址洪水按静库容进行调控计算，确定设计洪水位和校核洪水位，以及防洪库容规模；并采用入库洪水按动库容调洪计算方法，复核水库校核洪水位和防洪库容。

三峡大坝

楔形库容的大小与入出库流量有关，它随着入、出库流量改变而不断变化而向前运动，它参与水库调节洪水的整个过程，这就是为什么上游洪水开始进入三峡水库的初期，入库流量大于出库，但水库水位在下降；到了后期，出库流量大于入库，库水位反而在上升的原因。不能以某个瞬间的动库容与静库容存在差值，就武断地说静库容的防洪作用小了很多。

早在 2003 年三峡工程 135 米水位蓄水前，水利部长江水利委员会会同南京水利科学研究院和武汉大学就对三峡水库动库容及静库容调洪问题进行了比对研究，采用了 1954 年、1981 年和 1982 年三个典型年进行分析计算，结果表明，221.5 亿立方米的防洪库容是留有余地的，是安全的。

目前，水利部长江水利委员会已建立对三峡水库水动力学预报调度模型，在 2010 年、2012 年、2014 年三峡水库三峡水库防洪调度实践中，对动、静库容调洪进行了对比研究，计算成果和实测资料吻合较好。采用入库洪水动库容调洪方法，并没有导致三峡水库的防洪能力减少。

记者：前一段时间，降雨主要发生在长江中、下游。如果降雨逐渐转到长江上游，三峡工程要怎样发挥作用？如果上、中、下游同时发生较大规模降雨，三峡工程应该怎样调度？

郑守仁：三峡工程是季节性调节水库，主要通过防洪库容来调节上游洪水。三峡工程根据长江中、下游防洪规划的安排，三峡水库在汛前降至 145 米水位，预留防洪库容 221.5 亿立方米，以满足长江中游的防洪需要。

一般情况下，长江上游洪水与中、下游洪水遭遇是中下游洪水的主要来源。上游干支流水库到宜昌区间有 30 万平方公里流域面积都是暴雨区。在 1931 年、1949 年、1954 年、1998 年等大洪水年，宜昌 60 天洪量分别占荆江洪量的 95%、城陵矶洪量的 61%-80%、武汉洪量的 55%-71%，控制长江上游洪水对中、下游防洪至关重要。

万里长江，险在荆江。三峡工程好比是控制进入荆江洪水大小的总

开关，可以控制荆江河段 95% 的洪水来量。三峡工程地处长江上游与中下游的交界处，紧邻长江防洪形势最严峻的荆江河段，地理位置优越，对长江上游洪水的控制作用是上游干支流水库不能替代的。

记者：我们经常会遇到旱涝急转这种情况。当遇到这种情况时，三峡工程一般是怎么来调度呢？

郑守仁：三峡大坝的泄洪孔洞很多，可以根据国家防总的要求，对流域内缺水区域进行补水。

记者：三峡工程在长江防洪中的作用和能力到底有多大？

郑守仁：三峡工程在长江防洪中的主要作用，主要有四个方面。第一，将荆江河段防洪标准从十年一遇，提高到百年一遇，控制沙市水位不超过 44.50 米，可不用荆江分洪区让洪水安全通过荆江河段。第二，在遭遇特大洪水时，避免荆江发生毁灭性灾害，遇百年一遇以上洪水至

图为大江安澜、风景如画的荆州古城 （本报特约记者　黄正平　摄）

千年一遇洪水，经三峡水库调蓄后，再配合分洪区，可以使沙市水位不超过 45 米，避免堤防漫溃或决口造成江汉平原和洞庭湖大量人口伤亡，同时也降低沿江宜昌、宜都等地的最高洪水位。第三，减轻洞庭湖的洪水威胁和减少湖内泥沙淤积。第四，提高武汉市的防御洪水能力。

记者：在描述三峡工程的防洪能力时，公众常常会碰到，十年一遇、百年一遇、千年一遇、万年一遇这些概念。因为媒体在传播这些概念上的不一致，表述上的不统一，三峡工程常常因此遭到公众的诟病。如何向公众清晰明白、通俗易懂地解释这些水利领域里的专有名词呢？

郑守仁：水库的设计洪水标准和前面提到的可以承担的对下游地区防洪任务的能力是不一样的。前者是水工程本身抵御洪水的能力，是针对枢纽建筑物而言；后者是通过工程调节洪水将下游地区的防洪提高到某个标准的能力，是针对行洪河段而言。

三峡工程设计正常蓄水 175 米。大坝的设计洪水标准为千年一遇洪水，相应设计洪水位 175 米；校核洪水标准为万年一遇洪水加大 10%，相应的校核洪水位为 180.4 米，大坝坝顶高程为 185 米。水利水电工程设计洪水标准是指保证大坝自身安全的防洪标准，是大坝挡水稳定计算的主要依据，也就是说三峡工程遇到千年一遇及以下洪水时，可以正常运行，发挥防洪、发电等综合效益；校核洪水标准是大坝抵御非常洪水的能力，是确定大坝顶高程及进行大坝安全校核的主要依据，也就是在三峡大坝遭遇万年一遇加 10% 的洪水，仍可保障大坝安全挡水和宣泄洪水。

而前面提到的，将荆江河段的防洪标准从十年一遇提高到百年一遇，是指在三峡工程运行后，将 83700 立方米的百年一遇洪水流量每秒通过水库调蓄，控制荆江河段的枝城站最大流量不超过每秒 56700 立方米，不需要分洪；在遇百年一遇以上洪水至每秒 98800 立方米的千年一遇洪水时，则是指经三峡水库调蓄后，可以使枝城河段最大泄量不超过每秒 80000 立方米，配合分洪措施，避免发生毁灭性灾害。

记者：水库的泥沙淤积问题，一直是公众关注的焦点。三峡工程会不会发生水库淤积，是否具备长期安全运行的能力呢？三峡水库的防洪作用是否能持久发挥？

郑守仁：在水库的初步设计阶段，就曾研究过上游建库对三峡水库淤积的影响。研究结果表明，在不考虑上游水库拦沙作用及水土保持减沙作用的条件下，运行 80-100 年，水库冲淤平衡时，防洪库容仍可保留 86%，而考虑到上游水库的拦沙作用，三峡水库运行 100 年，上游建库拦沙后的淤积量仅相当于上游不建库拦沙约 40 年的淤积量，可见上游拦沙的作用是十分显著的。上游建库可使三峡水库的淤积量大大减少，防洪库容较上游不建库得到更多的保留，对三峡工程的防洪作用持续发挥非常有利。当然，为了稳妥可靠，三峡工程初步设计并没有考虑上游水库的拦沙作用。

近些年来，国家在长江上游地区实施水土保持、退耕还林、防止沙漠化和长江防护林工程，进入干支流河道的泥沙呈逐年减少趋势；同时，上游干支流水利水电工程建设进展迅速，溪洛渡、向家坝等一大批水电站持续建成投用。2003-2015 年均入库径流量、输沙量分别为 3690 亿立方米和 1.645 亿吨，与初期设计相比，分别减少 8.1% 和 66.5%。研究表明，三峡入库泥沙在相当长时期内将维持在较低水平，水库淤积进一步减缓。考虑上游水库的拦沙作用后，三峡水库的冲淤平衡年限将推迟至 200-300 年，冲淤平衡后防洪库容保留 86%，水库仍可安全运用。

三峡工程大坝坝内和地下电站进水口设置冲沙及排沙孔、洞，保障坝前泥沙不致影响电站发电和船闸通航的安全运行，枢纽建筑物可长期安全运行。

记者：都说防洪是系统性工程，并不能单纯依赖某一单一工程。目前，我们长江的防洪体系是怎么建构呢，由哪些工程和机构，一起来配合三峡工程的调度和运行呢？

郑守仁：防洪确实是系统性工程，并不能单纯依赖一个三峡工程。1998 年大洪水后，国家对长江干流堤防进行了整险加固，同时按照治理开发的需要建设了一批防洪与兴利相结合的综合利用水库，基本上形成了以堤防为基础、三峡水库为骨干，其他干支流水库、蓄滞洪区、河道整治工程及防洪费工程措施相配套的综合防洪体系。

目前，3900公里的长江干堤达到规划的防洪标准，部分主要支流堤防和洞庭湖、鄱阳湖的重要圩堤也进行了达标建设。长江流域已经投运大型防洪水库52座，总防洪库容630亿立方米，此外长江流域还规划了42处蓄滞洪区，蓄洪容积约500亿立方米。

随着上游干支流一批库容大、调节性能好的水库（如向家坝、溪洛渡、锦屏、亭子口等水库）的建立运行，增加了三峡工程防洪调度的机动灵活性。这些水库配合三峡水库对长江中下游进行防洪调控，消减进入三峡水库的洪峰流量，降低了库尾水位，成为了长江防洪体系的重要组成部分，在遭遇特大洪水时，可以减少长江中下游蓄洪区的启用几率和分蓄洪量，进一步提高了三峡工程在长江防洪体系中的防洪能力。

图为鸟瞰江汉平原　（本报特约记者　黄正平　摄）

记者： 如果使用一句话，您认为应该如何评价三峡工程的防洪能力？

郑守仁： 三峡工程，如朱镕基总理所说，是"千年大计，国运所系"。三峡水库控制和调节长江上游洪水，是减轻中、下游洪水威胁，防止长江特大洪水发生毁灭性灾害最有效的措施，在长江防洪中处于关键地位；三峡工程处于长江防洪体系的骨干地位，它也必将在中国经济社会发展中发挥更大的作用。

（原载《中国三峡工程报》2016 年 9 月 10 日 4 版）

为什么说防洪是三峡工程的首要功能?

防洪是兴建三峡工程的首要任务和功能,这是由长江中游防洪的严峻形势和三峡工程在长江防洪体系中的重要地位所决定的。

汛期时候,长江上游干流洪水量大,而河道宣泄能力又不足,当洪水来量超过河槽安全泄量时,漫流而成灾。因而,需要在长江上游为洪水找一个足够容量的蓄洪场所。

在东汉以前,长江出三峡后,首先进入云梦泽。在古代,自"华容隆起"北侧至汉江以南的广大地域统称为云梦泽。云梦泽全盛时的水面总面积达 26000 平方千米,成为长江和汉江洪水的自然调蓄场所。因此,当时长江中下游的"洪水过程不明显,江患甚少"。

后来云梦泽逐渐演变为江汉平原与洞庭湖。虽然洞庭湖也有蓄洪能力,但与云梦泽遇到的问题一样,洪水带入大量泥沙,湖底不断淤高,洞庭湖的面积和容积都迅速缩小,"水袋子"功能大大减弱。

到三峡工程论证时,荆江两岸的江汉平原和洞庭地区,人口已达 1500 万,耕地 2300 万亩,成为我国重要的工农业生产基地。而与之相矛盾的是随着洞庭湖的不断萎缩,长江中游洪水调蓄场所逐渐缩小,面临的洪水威胁在不断增加。"万里长江,险在荆江",其防洪标准只有十年一遇,与其保护的工农业精华地区的重要地位极不相称。汛期荆江河段的洪水,成为洞庭湖区和江汉平原的严重威胁。例如 1998 年洪水造

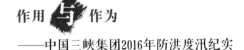

成358.6万亩农田受灾，212.85万间房屋倒塌，直接经济损失约1660亿元。更严重的是，一旦荆江大堤决口，将对湖北和湖南两省造成毁灭性灾害，也将影响全国的经济大局。这种危险随着洞庭湖的萎缩而日益加剧。

经过几十年的研究，专家认为，只有修建三峡工程调节上游的洪水，才能保证长江的长治久安。三峡工程的意义在于：运用现代科学技术，修建一座人工水库，控制和调节川江洪水，水库有着近400亿立方米的库容，其中防洪库容221.5亿立方米，超过洞庭湖的容积，以此保障中下游千万人生命安全和2300万亩平原耕地的安全。三峡工程调控洪水的能力和可靠性将远远超过洞庭湖的自然分洪，并大大减少进入洞庭湖的泥沙，从而延长洞庭湖的寿命。

纵观长江中游人与河流的发展史，我们只能求助于现代科学技术，才能在江河演变中争取主动，使人与长江和谐发展。因此将防洪功能作为三峡工程的首要功能，兴建三峡工程是对抗长江洪水的现实选择。

（摘自《百问三峡》 刘蒙胜摘编整理）

有了三峡工程，长江中下游 防洪就高枕无忧了吗？

长江中下游防洪问题并不是有了三峡工程就可高枕无忧。虽然，三峡工程防洪效益十分显著，但只是解决了最为迫切的荆江河段的防洪安全问题。有了三峡工程，出现百年（千年甚至万年）一遇的大洪水时，三峡工程可使长江中下游避免发生毁灭性灾害。但要解决好整个长江中下游的防洪问题，不能单靠一个三峡工程，必须有一整套防洪体系，在上下游采取综合措施加以治理。

上游治理措施

在长江干支流广大地区进一步搞好水土保持，加强长江中上游防护林体系建设，防止水土流失；对主要支流开展治理，在干支流上兴建水库。

中下游治理措施

加强中下游堤防建设：堤防永远是长江中下游防洪的基础设施，长江干流堤防总长约3600千米，堤防维护是一项长期而繁重的任务，不能有丝毫松懈。

加强分蓄洪区建设：现在遍布长江中下游的分蓄洪区都是已开垦利用的农业发达地区，随着经济的发展和人口的增长，运用分蓄洪区的损失也会越来越大。应尽早完善分蓄洪区管理，制定相应的政策和条例，使区内的生产生活适应防洪要求，在需要分洪时群众能及时转移并保障安全。

中下游河道整治与洞庭湖治理：河道整治工程是长江中下游防洪工程的重要组成部分，必须统一规划，通盘安排，逐步实施。洞庭湖的治理，应当继续加强重点堤防建设，加快分蓄洪圩垸的安全建设和澧水洪道与南洞庭洪道的整治，加强湖区排涝设备的更新改造与电网建设。

防洪体系措施

加强防洪管理和非工程防洪措施，如制定并严格执行长江中下游防洪的有关政策、法规与法令，建立防洪基金，实行防洪保险等。继续加强防汛预警、预报通信系统的现代化建设，应用高新技术手段研究、提高预报准确性和延长预见期，继续强化由各级行政首长负责的防汛指挥和抢险系统。另外，还须加强长江水系中小型支流和水库的治理与改善。

（摘自《百问三峡》 刘蒙胜摘编整理）

三峡工程是怎样防洪的?

新华社记者　熊金超　黄艳　李思远

三峡工程的首要任务是防洪。那么，它是如何防洪的呢？防洪能力又到底有多大？

作为世界上最大的水利水电枢纽，三峡工程设计坝顶高程 185 米，设计正常运行水位 175 米，相应库容 393 亿立方米；设计防洪限制水位 145 米，相应库容 171.5 亿立方米。（如图）也就是说，三峡水库汛期的防洪库容共有 221.5 亿立方米。

坝顶高程**185** 米
总库容**393**亿立方米

正常蓄水位**175** 米
防洪库容**221.5**亿立方米
防洪限制水位**145** 米

按国家批复的汛期调度运用方案，每年汛期来临之前，三峡水库水位要视长江水情，以均匀消落的方式，泄水腾库，至6月10日左右消落至防洪限制水位，确保洪水到来前"虚库以待"。

根据设计，三峡枢纽主要通过三种方式发挥防洪作用。一是拦洪，利用三峡防洪库容，拦蓄超过下游安全泄量的洪水，确保下游河道行洪安全；二是削峰，当长江下游防汛形势紧张时，通过三峡水库蓄洪，将上游来的很大洪峰削减，减少水库出库流量并均匀下泄；三是错峰，在下游洪水较大时，科学调度水库，防止上游洪峰与下游洪峰相遭遇，减少下游防洪压力。

整个汛期，三峡水库都处于随时拦蓄洪水的状态，并且一旦长江下游的防汛形势好转，则抓住有利时机，加大出库流量，降低水库水位。这样，水库防洪库容通过"拦蓄—控泄—拦蓄"不断重复利用，防洪功能得到充分发挥。

"三峡工程抵御洪水的能力究竟有多大？"长江防汛抗旱总指挥部办公室副主任陈桂亚说，这里有两个概念，一直被误读。

他说，说三峡工程能够抵御万年一遇的长江洪水，是从工程本身而言。三峡工程的设计标准按可防万年一遇洪水再加10%，说的是在遭遇万年一遇的长江洪水时，工程的主体建筑物不会被破坏，在遭遇千年一遇的洪水时，工程仍能正常运行；说三峡工程可将长江防洪标准由二十年一遇提高到百年一遇，是就工程对长江整体抵御洪水能力的提升而言，两者有本质的差别，但常常被媒体及受众混淆。

陈桂亚介绍说，目前，三峡水库水位已降至145米左右运行，且仍保持着出库流量大于入库流量，以确保拦蓄上游洪水的能力。

陈桂亚说，如果长江发生1998年级别的流域性大洪水，以三峡水库为重点的长江上游的水利枢纽群将最大限度地拦蓄上游的洪水，以减轻长江中下游地区的防洪压力，确保长江安全度汛。

（原载《中国三峡工程报》2016年6月22日3版）

三峡大坝本身能够抵御多大的洪水?

　　有些读者可能把三峡大坝本身能够抵御多大洪水而不垮坝与三峡工程具有的防洪功能当作是一回事，实际上，它们是有所区别的。

　　一般在谈到三峡大坝抵御百年一遇、千年一遇洪水问题时，往往是指三峡大坝的防洪功能。

　　打铁还需本身硬。三峡大坝在设计洪水标准时就考虑了在保证其自身安全的前提下抵御多大的洪水。三峡枢纽工程为一等工程，其主要建筑物(包括三峡大坝)为一级建筑物。其设计标准是：在遇到千年一遇洪水时，三峡大坝仍能正常运行。在遇到万年一遇加10%校核洪水时(这是长江历史上从未发生过的洪水)，坝前水位180.4米，距坝顶4.6米，大坝仍能安全、正常宣泄洪水。在设想最极端情况下，当洪水超过校核洪水12.43万立方米每秒，三峡大坝即便发生漫坝，在相当长的一段漫坝时间内也不会垮塌。

　　三峡大坝是混凝土重力坝，目前世界上尚未有混凝土重力坝发生漫坝后垮塌的先例，就这一方面讲，三峡大坝是可以抵御任何大洪水而自身"安然无恙"的。

（摘自《百问三峡》 刘蒙胜摘编整理）

汛期洪峰到来时，三峡水库为什么不一次性蓄水至 175 米？

三峡工程运行后，既然三峡水库正常蓄水位是 175 米、防洪库容有221.5 亿立方米，那么，汛期洪峰到来时，为什么不一次性就蓄到 175 米，把洪水都拦蓄在水库里呢？这样下游不是更安全了吗？

如果三峡水库上游每年汛期只来一次洪峰，而且该次洪峰的洪水总量不超过 221.5 亿立方米，是可以一次性蓄水到 175 米的。如果三峡水库的库容足够大，能够拦蓄一个汛期的全部洪水，也是可以一次性蓄水到 175 米的。

而现实是，三峡水库防洪库容只有 221.5 亿立方米，在大多数的情况下，拦蓄不了整个汛期的全部洪水；每年汛期上游会来多次洪峰，大多数情况下，较大洪峰的一次洪水量一般都超过 221.5 亿立方米 (水利水电行业一般以 7 天、15 天、30 天、60 天洪水量来衡量洪水总量)。

1931 年、1935 年、1954 年、1998 年、2010 年 5 次大洪水
宜昌水文站实测的 7 天洪水总量

时　间	最大洪峰流量 （立方米每秒）	7 天洪水总量 （亿立方米）
1931 年 8 月 7 日至 13 日	64600	350.4
1935 年 7 月 2 日至 8 日	56900	283.3
1954 年 8 月 2 日至 8 日	66100	385.3
1998 年 8 月 7 日至 13 日	63200	350.4
2010 年 7 月 20 日至 27 日	70000	288.0

　　上表是 5 个大洪水年一次洪峰的 7 天洪水总量，它们均超过了三峡水库的防洪库容 221.5 亿立方米，1954 年汛期这样的洪峰为 3 次，1998年汛期甚至达到 8 次之多。因此，可以明显看出，当洪峰到来时，三峡水库绝不能采用一次性就蓄水到 175 米的防洪运用方式，而只能把超过水库下游安全泄量的洪水拦蓄在水库里，才能保证长江中下游防洪安全。譬如，一旦再遇到类似 1998 年 8 月 7 日至 13 日洪水，三峡水库拦蓄 2 万立方米每秒，下泄 43200 立方米每秒，7 天只需拦蓄 121 亿立方米洪水，下泄 229.4 亿立方米洪水，就完全可以保证水库下游的防洪安全。此时，三峡水库尚有 100 亿立方米防洪库容，加上继续下泄 43200立方米每秒腾出的库容，即使第二次洪峰紧接着到来，三峡水库也能从容应对，保证水库下游安然无恙。

（摘自《百问三峡》　刘蒙胜摘编整理）

三峡工程如何应对
"百年、千年、万年一遇"的大洪水

三峡工程具有防洪库容221.5亿立方米，防洪效益及其连带的环境保护效益十分显著。如遇"百年一遇"、"千年一遇"、"万年一遇"洪水时，三峡工程经过科学调度，可以充分发挥防洪功能，使长江中下游的防洪险情减少或者化险为夷。而遭遇超过"万年一遇"的极端大洪水，则需要考虑确保大坝的安全。

防洪首要功能：可使荆江河段防洪标准从"十年一遇"提高到"百年一遇"。遇到类似1998年洪水或百年一遇（洪峰流量超过8.37万立方米每秒）洪水时，经三峡水库调蓄后，可控制枝城流量不超过56700立

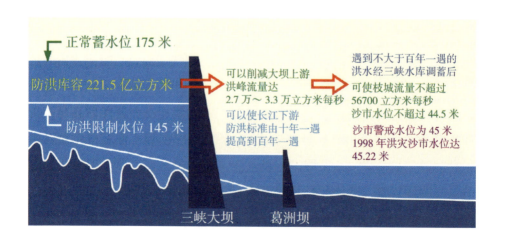

正常蓄水位 175 米

防洪库容 221.5 亿立方米

防洪限制水位 145 米

可以削减大坝上游
洪峰流量达
2.7 万～3.3 万立方米每秒
可以使长江下游
防洪标准由十年一遇
提高到百年一遇

遇到不大于百年一遇的
洪水经三峡水库调蓄后
可使枝城流量不超过
56700 立方米每秒
沙市水位不超过 44.5 米
沙市警戒水位为 45 米
1998 年洪灾沙市水位达
45.22 米

三峡大坝　　葛洲坝

方米每秒 (这是沙市或荆江大堤安全通过的流量)，沙市水位不超过 44.5 米，可不启用荆江分洪区和其他分蓄洪区。此时，三峡水库的最高蓄水位仅为 166.70 米，滞蓄洪水量为 143.3 亿立方米，尚有一定备用防洪库容。

减少洪灾损失功能：遇百年一遇洪水，三峡工程可确保长江中下游安澜。遇百年一遇以上洪水，三峡水库的泄洪要始终控制沙市水位不超过 45 米。遇千年一遇 (洪峰流量招过 9.88 万立方米每秒) 洪水，三峡水库蓄水位最高蓄至 174.69 米，滞蓄洪水量为 220.0 亿立方米，三峡工程与荆江分洪区和其他分蓄洪区联合，可保障荆江堤防安全。遇 1870 年大洪水 (洪峰流量超过 10.5 万立方米每秒)，通过三峡工程与荆江等多个分蓄洪区的调度，可避免江汉平原发生毁灭性灾害。

错峰调节功能：经过水库调度，可避免武汉市汛期同时遭受长江和汉江等洪水袭击，提高了武汉市防洪调度的灵活性，对武汉市防洪起到保障作用。2010 年汛期，三峡水库 7 次防洪运用，累计拦蓄洪水 266.3 亿立方米，错开与汉江洪峰交汇时间，减少经济损失 266 亿元。

遇"万年一遇加 10%"校核大洪水 (洪峰流量超过 12.43 万立方米每秒)，三峡大坝仍可确保安全。但这样的大洪水，在三峡历史大洪水调查中，从未发生过。

上述这些看似枯燥无味的数据，是 60 多年间我国几代水利水电专家研究并经过实践检验而得出的成果，是保障长江中下游人民生命财产安全的"密码"。这些调度经验和成果使三峡工程成为安全镇守长江洪水的雄关。

(摘自《百问三峡》 刘蒙胜摘编整理)

能否准确预测三峡水库洪峰到来的时间和大小？

依靠现代科技手段，可以准确预测进入三峡水库洪峰的时间和大小。

现在整个长江流域，从沱沱河长江河源到长江入海口，天上有气象卫星监测、地上有星罗棋布的水文站，奠定了准确预测洪峰的基础。

气象部门预报长江洪水采用卫星和雷达等高科技手段，大大提高了降水预报的精确度。

为了取得更精确的短期预报，三峡集团设立有一整套水文水情监测系统，整个长江上游有集雨面积100万平方千米，该系统已覆盖其中60万平方千米，加上长江委水文局建立的近200个洪水观测点，覆盖了整个长江流域主要干支流，构成了长江洪水短期预报系统。当前，水文测验和水情预报已经做到了监测自动化、传输数字化、统计分析网络化，能够快速准确地预报上游洪峰流量和时间。

例如，2010年7月上旬，水文气象部门提出，三峡水库可能出现超过1998年63600立方米每秒的洪峰流量。7月14日，气象会商确认三峡水库上游将形成一次较大洪水的预报结论。7月17日，长江委水文局预报20日长江上游将发生一次较大洪水，洪峰流量在6万~7万立方米每秒。7月19日，长江委水文局再次预报三峡水库20日将出现70500立方米每秒的入库洪峰流量。7月20日8时，三峡水库实际入库洪峰流量为 7 万立方米每秒，同预报的流量仅差 0.7%。

由此可见，现代科技手段使我们能够准确预测进入三峡水库洪峰的时间和大小，为迎接洪峰的到来做好准备，为三峡工程成功抵御 7 万立方米每秒洪峰创造了条件。

（摘自《百问三峡》 刘蒙胜摘编整理）

三峡工程上游发生"百年一遇"洪水时，水库的回水会淹没重庆市主城区吗？

三峡水库调度规定：三峡水库在枯水期蓄水至正常蓄水位 175 米，而在汛期，水库水位降低至防洪限制水位 145 米运行。当汛期百年一遇洪水进入三峡水库时，在保证下游防洪安全的前提下，经过三峡水库调蓄，三峡大坝坝前最高蓄水位是 166.7 米，此时回水末端在重庆市主城区下游约 20 千米的南岸区生基塘（地名），回水高程 192.8 米，自此地以上与天然洪水位重合。此时重庆市主城区江段洪水位是 194.3 米，与天然时水平一样，而重庆市主城区都在 200 米高程以上，不受三峡水库回水的影响，其洪水完全可以正常宣泄。所以，百年一遇洪水不会淹没重庆市主城区，也就不存在以牺牲重庆为代价来保护中下游地区的情况。

（摘自《百问三峡》 刘蒙胜摘编整理）